HARTMANN VON AUE

GREGORIUS
DER GUTE SÜNDER

MITTELHOCHDEUTSCHER TEXT
NACH DER AUSGABE VON FRIEDRICH NEUMANN
ÜBERTRAGUNG VON BURKHARD KIPPENBERG
NACHWORT VON HUGO KUHN

PHILIPP RECLAM JUN. STUTTGART

Universal-Bibliothek Nr. 1787 [3]

Mit Genehmigung des Verlages Langewiesche-Brandt KG, Eben-
hausen. © 1959 Langewiesche-Brandt KG, Ebenhausen bei Mün-
chen. Gesetzt in Petit Garamond-Antiqua. Printed in Germany
1976. Herstellung: Reclam Stuttgart
ISBN 3-15-001787-4

Gregorius, der gute Sünder

Mîn herze hât betwungen
dicke mîne zungen,
daz si des vil gesprochen hât
daz nâch der werlde lône stât:
daz rieten im diu tumben jâr.
nû weiz ich daz wol vür wâr:
swer durch des helleschergen rât
den trôst zuo sîner jugent hât
dáz er dar ûf sündet,
als in diu jugent schündet,   10
daz er gedenket dar an:
,dû bist noch ein junger man,
aller dîner missetât
der wirt noch vil guot rât:
dû gebüezest si in dem alter wol‘,
der gedenket anders denne er sol.
er wirt es lîhte entsetzet,
wande in des willen letzet
diu êhafte nôt,
sô der bitterlîche tôt   20
den vürgedanc richet
und im daz alter brichet
mit einem snellen ende.
der gnâden ellende
hât danne den bœsern teil erkorn.
und wære áber er geborn
von Adâme mit Abêle
und solde im sîn sêle
weren âne sünden slac
unz an den jungesten tac,   30
sô hæte er niht ze vil gegeben
umbe daz êwige leben
daz anegenges niht enhât
und ouch niemer zegât.

4

Oftmals hat mein Herz
meine Zunge gefügig gemacht,
daß sie vieles sprach,
was den Beifall der Welt begehrt.
So rieten ihm meine törichten Jahre.
Jetzt aber weiß ich das eine gewiß:
Wer, verführt durch den Schergen der Hölle,
auf seine jungen Jahre setzt
und sündigt, von seiner Jugend getrieben,
in solcher Erwartung,
daß er sich sagt:
‚Du bist noch jung,
all deinen Missetaten
wird später noch reichlich abgeholfen;
die Buße holst du im Alter nach!' —
der denkt anders als er sollte.
Das aber kann ihm leicht vergehen,
denn sein Plan wird durchkreuzt
von höherer Gewalt,
wenn der bittere Tod
seinen Vorsatz bestraft
und mit einem plötzlichen Ende
ihm das Leben zerbricht.
Dann hat er sich, fern aller Gnade,
das schlimmere Teil erwählt!
Wäre er jedoch gleich Abel
als ein Sohn Adams geboren,
und bliebe seine Seele
ohne die Spur einer Sünde
bis an den Jüngsten Tag,
so hätte er sich nicht zu teuer
das ewige Leben erkauft,
das keinen Anfang hat
und nie zu Ende geht.

Durch daz wære ich gerne bereit
ze sprechenne die wârheit
daz gotes wille wære,
und daz diu grôze swære
der süntlîchen bürde
ein Teil ringer würde
die ich durch mîne müezekeit
ûf mich mit worten hân geleit.
wan dâ enzwîvel ich niht an:
als uns got an einem man
erzeiget und bewæret hât,
sô enwart nie mannes missetât
ze dirre werlde sô grôz,
er enwerde ir ledic unde blôz,
ob si von herzen riuwet
und sî niht wider niuwet.

Von dém ich iu nû sagen wil:
des schulde was grôz unde vil
daz si vil starc ze hœrenne ist,
wan daz man sî durch einen list
niht verswîgen getar:
daz dâ bî neme war
älliu sündigiu diet
die der tiuvel verriet
ûf den wec der helle,
ob ir deheiner welle
diu gotes kint mêren
und selbe wider kêren
ûf der sælden strâze,
daz er den zwîvel lâze
der manegen versenket.
swer sich aber bedenket
houbethafter missetât
der er vil lîhte manege hât,
sô tuot er wider dem gebote,

Nun da ich dieses weiß,
möchte ich gerne die Wahrheit verkünden,
um den Willen Gottes zu tun
und zugleich die schwere Bürde
meiner Sündenlast
ein wenig zu erleichtern,
die ich durch die Eitelkeit
der Worte auf mich geladen habe.
Daran nämlich zweifle ich nicht:
es trägt in dieser Welt
— wie uns Gott an einem Mann
sichtbar bewiesen hat —
keiner so große Sünde,
daß er ihrer nicht ledig würde,
wenn er sie nur von Herzen bereut
und sie nicht wieder tut.

Die Schuld des Helden meiner Erzählung
war so über die Maßen groß,
daß sie entsetzlich zu hören ist;
und doch, aus einem Grunde
darf man sie nicht verschweigen:
alles sündige Volk,
das der Teufel auf den Weg
zur Hölle verführt hat,
soll hierbei in sich gehen,
ob nicht einer noch umkehren will,
die Schar der Kinder Gottes zu mehren,
zurück auf den Pfad der Seligkeit —
das heißt, sich loszusagen
von dem Wankelmut: dem Zweifel,
der so viele versinken läßt.
Doch wer seine schweren Sünden bedenkt
— sehr leicht mag er schon
vieler schuldig geworden sein —
und dabei die Hoffnung aufgibt

und verzwîvelt er an gote
der sîn niht enruoche,
ob er genâde suoche,
und entriuwet niemer wider komen:
sô hât der zwîvel im benomen
den wuocher der riuwe.
daz ist diu wâre triuwe
die er ze gote solde hân:
buoze nâch bîhte bestân.
wan diu vil bitter süeze
twinget sîne vüeze
ûf den gemächlîchern wec:
der enhât stein noch stec,
mos gebirge noch walt,
der enhât ze heiz noch ze kalt.
man vert in âne des lîbes nôt,
er leitet ûf den êwigen tôt.
sô ist der sælden strâze
in eteslîcher mâze
beide rûch und enge.
die muoz man ir lenge
wallen unde klimmen,
waten unde swimmen,
unz daz si hin leitet
dâ si sich wol breitet
ûz disem ellende
an ein vil süeze ende.

Den selben wec geriet ein man:
zer rehten zît er entran
ûz der mordære gewalt.
er was komen in ir gehalt:
dâ hâten sî in nider geslagen
und im vrevellîche entragen
aller sîner sinne kleit
und hâten in an geleit

daß, wenn er Gnade suchte,
Gott noch seiner gedächte;
wer nicht mehr darauf vertraut,
wieder angenommen zu werden:
der handelt gegen das Gebot.
Denn ihn hat der Zweifel
um den Ertrag der Reue gebracht.
Echte Glaubenstreue zu Gott,
wie er sie haben sollte, ist dies:
Beichten und danach Buße tun.
Solche Süßigkeit indessen
drängt, weil sie bitter schmeckt,
seinen Fuß auf den gemächlicheren Weg:
Der ist nicht steinig, nicht schmal,
hat weder Moor noch Gebirge noch Wälder,
ist nicht zu heiß und nicht zu kalt.
Wohl geht man ihn ohne Beschwerden,
doch führt er in den ewigen Tod.
Anders der Pfad der Seligkeit,
der reichlich rauh und eng ist.
Man muß ihn die ganze Strecke
erwandern, muß klettern,
waten und schwimmen,
bis er sich endlich
in die Breite dehnt
und aus dieser Fremde hier
an ein süßes Ende führt.

Diesen Weg fand glücklich ein Mann:
Eben noch zur rechten Zeit
entrann er der Gewalt der Mörder.
Er war in ihre Hände gefallen,
da hatten sie ihn niedergeschlagen,
hatten ihn roh und frech
seiner Besinnung entkleidet
und ihn eingehüllt

vil marterlîche wunden.
ez was zuo den stunden
sîner sêle armuot vil grôz.
sus liezen sî in sinne blôz
unde halp tôt ligen.
dô enhâte im got niht verzigen
sîner gewonlîcher erbarmekeit
und sande im disiu zwei kleit:
gedingen unde vorhte,
diu got selbe worhte
daz si im ein schirm wæren
und allen sündæren:
vorhte daz er ersturbe,
gedinge daz er iht verdurbe.
vorhte liez in dâ niht ligen.
doch wære er wider gesigen,
wan daz in der gedinge
machete alsô ringe
daz er doch weibende saz:
dar zuo sô starcte in baz
diu geistlîche triuwe
gemischet mit der riuwe.
si tâten im vil guotes
und ervurpten in des bluotes.
si guzzen im in die wunden sîn
beidiu öl unde wîn.
diu salbe ist linde und tuot doch wê,
daz öl diu gnâde, der wîn diu ê,
die der sündære haben muoz:
sô wirt im siechtuomes buoz.
alsus huop in bî sîner hant
diu gotes gnâde als sî in vant
ûf ir miltez ahselbein
und truoc in durch beruochen hein.
dâ wurden im verbunden
sîne verchwunden

110

120

130

140

in viele qualvolle Wunden.
Damals war die Armut
seiner Seele groß.
So ließen die Räuber ihn liegen,
halbtot und ohne Besinnung.
Gott aber hatte ihm nicht
sein gewohntes Erbarmen entzogen
und sandte ihm diese zwei Gewänder:
die Hoffnung und die Furcht —
von Gott selbst gewirkt
als ein Schutz für ihn
und für alle Sünder:
Furcht vor dem Sterben
und Hoffnung, nicht zugrunde zu gehen.
Die Furcht ließ ihn nicht liegen bleiben,
doch wäre er wieder zusammengebrochen,
hätte ihn nicht die Hoffnung
neu belebt, so daß er,
wenn auch schwankend, zum Sitzen kam.
Noch mehr stärkte ihn aber
seine Ergebenheit in den Glauben,
mit der schmerzlichen Reue gemischt.
Die taten ihm viel Gutes
und wuschen ihn vom Blute rein.
Sie gossen ihm in seine Wunden
Öl und Wein — diese lindernde
und doch schmerzende Salbe:
das Öl ist die Gnade, der Wein das Gesetz;
beider bedarf ein Sünder,
um von der Krankheit erlöst zu werden.
Also fand ihn die Gnade Gottes,
nahm ihn bei der Hand,
hob ihn auf ihre gütige Schulter
und trug ihn barmherzig heim.
Dort verband sie ihm
seine tödlichen Wunden,

daz er âne mâsen genas
und sît ein wârer kemphe was,
er eine über al die kristenheit.

Noch enhân ich iu niht geseit,
welh die wunden sint gewesen
der er sô kûme ist genesen,
wie er die wunden emphie
und wie ez sît im ergie
âne den êwigen tôt.
des ist ze hœrenne nôt   150
und ze merkenne in allen
die dâ sint vervallen
under bercswæren schulden:
ob er ze gotes hulden
dannoch wider gâhet,
daz in got gerne emphâhet.
wan sîner gnâden ist sô vil
daz er des niene wil
und ez gar verboten hât
daz man dúrch deheine missetât   160
an im iht zwîvelhaft bestê.
ez enist dehein sünde mê,
man enwerde ir mit der riuwe
ledic unde niuwe,
schœne unde reine,
niuwan der zwîvel eine:
der ist ein mortgalle
ze dem êwigen valle
den nieman mac gesüezen
noch wider got gebüezen.   170

Der dise rede berihte,
in tiusche getihte,
daz was von Ouwe Hartman.
hie hebent sich von êrste an

12

er wurde ohne Narben gesund
und war hinfort ein tapferer Streiter
an der Spitze der Christenheit.

Noch habe ich euch nicht gesagt,
welches die Wunden waren,
von denen er mit so knapper Not
genesen; wie er die Wunden empfing
und wie er zu guter Letzt
dem ewigen Tode entrann.
Dies zu hören und sich zu merken
tut all denen not,
die unter einen schweren Berg
von Schuld geraten sind:
Jeden, der zu Gottes Gnade
dennoch zurückeilt,
wird Gott gerne empfangen.
Denn sein Erbarmen ist so groß,
daß er es nicht will,
ja durchaus verboten hat,
daß man einer Sünde wegen
irgend an ihm verzweifelt.
Keine Sünde gibt es,
von der man nicht durch Reue
befreit werden könnte,
neu, rein und geläutert —
außer dem Zweifel allein:
Er ist die tödliche Galle,
die auf ewig zu Fall bringt;
den vermag keiner zu süßen
noch dafür Buße zu tun vor Gott.

Der diese Begebenheit erzählt
und in deutsche Verse gesetzt hat,
das war Hartmann von Aue.
Hier nun ist der Beginn

diu seltsænen mære
von dem guoten sündære.

Ez ist ein wälhischez lant,
Equitânjâ genant,
und lît dem mere unverre:
des selben landes herre   180
gewan bî sînem wîbe
zwei kint diu an ir lîbe
niht schœner mohten sîn,
einen sun und ein tohterlîn.
der kinde muoter starp,
dô si in daz leben vol erwarp.
dô diu kint wâren
komen ze zehen jâren,
dô ergreif den vater ouch der tôt.
dô er im sîn kunft enbôt   190
sô daz er in geleite,
dâ er von siecheite
sich des tôdes entstuont,
dô tet er sam die wîsen tuont:
zehant er besande
die besten von dem lande
den er getrûwen solde
und in bevelhen wolde
sîne sêle und ouch diu kint.
nû daz si vür in komen sint,   200
mâge man und dienestman,
sîniu kint sach er dô an:
diu wâren beide gelîche
sô rehte wünneclîche
gerâten an dem lîbe
daz einem herten wîbe
ze lachenne wære geschehen,

14

der wundersamen Geschichte
von dem guten Sünder.

In Frankreich ist eine Landschaft,
Aquitanien genannt,
nicht weit vom Meere gelegen.
Dem Herzog dieses Landes
schenkte seine Gemahlin
zwei Kinder, an Gestalt
über die Maßen schön:
einen Sohn und ein Töchterlein.
Aber die Mutter starb,
kaum daß sie ihnen das Leben geschenkt.
Und als die Kinder
zehn Jahre alt waren,
ergriff der Tod auch den Vater.
Als er sich ihm angekündigt
— er hatte ihn aufs Lager gestreckt,
bis er in seiner Krankheit sah,
daß es ans Sterben ging —
da handelte der Herr wie ein Weiser:
auf der Stelle ließ er
die Besten des Landes zu sich rufen,
denen er vertraute;
denn seine Seele und auch die Kinder
wollte er ihnen anbefehlen.
Als sie nun vor ihn gekommen waren,
seine Verwandten und
seine Gefolgs- und Lehensleute,
da sah er seine Kinder an:
Sie waren alle beide
so wohlgeraten in lieblicher Schönheit,
daß selbst ein hartes Weib
schon bei ihrem Anblick

ob sî si müese an sehen.
daz machete sînem herzen
vil bitterlîchen smerzen:
des herren jâmer wart sô grôz
daz im der ougen regen vlôz
nider ûf die bettewât.
er sprach: ‚nû enist dés niht rât,
ich enmüeze von iu scheiden.
nû solde ich mit iu beiden
alrêrst vreuden walten
und wünneclîchen alten.
der trôst ist nû zegangen:
mich hât der tôt gevangen.‘
nû bevalh er sî bî handen
den herren von den landen
die durch in dar wâren komen.
hie wart grôz weinen vernomen.
ir jâmer zuo den triuwen
schuof dâ grôz riuwen.
alle die dâ wâren
die begunden sô gebâren,
als ein ingesinde guot
umbe ir lieben herren tuot.

Als er diu kint weinen sach,
ze sînem sun er dô sprach:
‚sun, war umbe weinest dû?
jâ gevellet dir nû
mîn lant und michel êre.
jâ vürhte ich harte sêre
dîner schœnen swester.
des ist mîn jâmer vester
und beginnez nû ze spâte klagen
daz ich bî allen mînen tagen
ir dinc niht baz geschaffet hân:
daz ist unväterlich getân.‘

helle Freude gefunden hätte.
Dem Herzog wurde davon
bitterlich weh ums Herz;
so groß war sein Jammer,
daß ihm ein Strom von Tränen
aufs Bettzeug niederfloß.
Er sprach: ‚Es hilft nun nichts,
ich muß von euch scheiden.
Jetzt erst hätte ich so richtig
mit euch beiden in Freude gelebt,
voller Wonne bis in mein Alter.
Diese Hoffnung ist nun dahin:
Mich hat der Tod gefaßt.‘
Darauf befahl er sie durch Handschlag
den Mächtigen seines Landes,
die seinetwegen gekommen waren.
Lautes Klagen hörte man da,
und als sie weinend die Treue gelobten,
nahm der Schmerz kein Ende.
Alle, die zugegen waren,
gebärdeten sich,
wie ein treues Gefolge es tut,
das trauert um seinen geliebten Herrn.

Als er die Kinder weinen sah,
da sprach er zu seinem Sohne:
‚Warum weinst du, mein Sohn?
Dir fällt doch jetzt mein Land
und hohes Ansehen zu.
Ernstlich aber bin ich besorgt
um deine schöne Schwester;
es ist mein besonderer Kummer
— doch diese Klage kommt nun zu spät —,
daß ich all mein Lebtag
nicht besser für sie gesorgt habe:
das war nicht väterlich getan.‘

er nam si beidiu bî der hant,
er sprach: ,sun, nû wis gemant
daz dû behaltest mêre
die jungesten lêre
die dir dîn vater tæte.
wis getriuwe, wis stæte,
wis milte, wis diemüete,
wis vrevele mit güete.   250
wis dîner zuht wol behuot,
den herren starc, den armen guot.
die dînen solt dû êren,
die vremeden zuo dir kêren.
wis den wîsen gerne bî,
vliuch den tumben swâ er sî.
vor allen dingen minne got,
rihte wol durch sîn gebot.
ich bevilhe dir die sêle mîn
und diz kint, die swester dîn,   260
daz dû dich wol an ir bewarst
und ir bruoderlîchen mite varst:
sô geschiht iu beiden wol.
got dem ich erbarmen sol
der geruoche iuwer beider phlegen.‘
hie mite was ouch im gelegen
diu sprâche und des herzen kraft
und schiet sich diu geselleschaft,
beidiu sêle unde lîp.
hie weinten man unde wîp.   270
ein solhe bivilde er nam,
sô ez landes herren wol gezam.

Nû daz disiu rîchiu kint
sus beidenthalp verweiset sint,
der juncherre sich underwant
sîner swester dâ zehant
und phlac ir sô er beste mohte,

18

Er nahm sie beide an der Hand
und sprach: ‚Mein Sohn,
nun laß dich mahnen,
sei fortan dieser letzten Lehre
deines Vaters eingedenk:
Sei aufrichtig, sei beständig,
sei freigebig und bescheiden,
sei kühn, doch voller Güte.
Bewahre dir deine guten Sitten.
Sei stark vor den Herren und gut zu den Armen.
Die Deinen halte in Ehren,
die Fremden gewinne dir.
Halte dich an erfahrene Leute
und meide immer die Toren.
Vor allen Dingen: liebe Gott
und herrsche gerecht nach seinem Gebot.
Mein Seelenheil befehle ich dir an
und dieses Kind, deine Schwester;
sorge gut für sie
und behandle sie brüderlich,
so wird es euch beiden gut gehen.
Gott, der sich meiner erbarmen möge,
nehme euch beide in Schutz!‘
Damit verstummte seine Rede,
er gab seinen Geist auf,
und es löste sich der Bund
von Leib und Seele.
Da klagten die Männer und die Frauen,
und sie bestatteten ihn so,
wie es für den Herzog des Landes sich ziemte.

Als nun die beiden adeligen Kinder
zwiefach verwaist waren,
nahm der Junker sich
sogleich seiner Schwester an
und sorgte für sie nach besten Kräften,

als sînen triuwen tohte.
er volzôch ir muote
mit lîbe und mit guote,   280
si enwart von im beswæret nie.
er phlac ir sô (ich sage iu wie)
daz er si nihtes entwerte
swes si an in gerte
von kleidern und von gemache.
sie wâren aller sache
gesellic und gemeine,
si wâren selten eine,
si wonten zallen zîten
einander bî sîten   290
(daz gezam vil wol in beiden),
si wâren ungescheiden
ze tische und ouch anderswâ.
ir bette stuonden alsô nâ
daz si sich mohten undersehen.
man enmac im anders niht gejehen,
er enphlæge ir alsô wol
als ein getriuwer bruoder sol
sîner lieben swester.
noch was diu liebe vester   300
die si im dâ wider truoc.
wünne heten sî genuoc.

Dô dise wünne und den gemach
der werlde vîent ersach,
der durch hôchvart und durch nît
versigelt in der helle lît,
ir beider êren in verdrôz
(wan si dûhte in alze grôz)
und erzeigete sîn gewonheit:
wan im was ie und ist noch leit   310
swâ iemanne guot geschiht,
unde enhenget sîn niht

20

seinem Gelübde getreu.
Er verhalf ihr zu allem, was sie begehrte,
mit seinem Leben und seiner Habe;
nie betrübte er sie.
Er sorgte — um das zu erwähnen —
so für sie, daß er ihr nichts abschlug,
was sie sich auch an Kleidern
oder Ausstattung wünschte.
In allem fühlten sich die beiden
eng miteinander verbunden;
sie waren selten allein
und weilten immerfort
gesellig Seite an Seite
(das schickte sich gut für sie);
bei Tische und wo immer
waren sie eins; auch standen
ihre Betten so nahe beisammen,
daß sie einander sehen konnten.
Man kann nicht anders sagen,
als daß er so für sie sorgte,
wie für seine liebe Schwester
ein treuer Bruder sorgen soll;
und noch größer war
ihre Liebe zu ihm.
Sie lebten glückselig miteinander.

Als dieses Glück und Wohlbehagen
der Feind der Welt erspähte,
der seines Hochmuts und Neides wegen
in der Hölle verschlossen liegt,
wurmte ihn ihrer beider Ehre
(denn sie dünkte ihn viel zu groß),
und er folgte seinem Brauch:
Ist es ihm doch seit je verhaßt,
wenn einem Menschen Gutes begegnet,
und darum läßt er es nicht zu,

swâ erz mac erwenden.
sus gedâhte er si phenden
ir vreuden unde ir êren,
ob er möhte verkêren
ir vreude ûf ungewinne.
an sîner swester minne
sô riet er im ze verre,
unz daz der juncherre   320
verkêrte sîne triuwe guot
ûf einen válschèn muot.
daz eine was diu minne
diu im verriet die sinne,
daz ander sîner swester schœne,
daz dritte des tiuvels hœne,
daz vierde was sîn kintheit
diu ûf in mit dem tiuwel streit
unz er in dar ûf brâhte   330
daz er benamen gedâhte
mit sîner swester slâfen.
wâfen, herre, wâfen
über des hellehundes list,
daz er uns sô geværic ist!
war umbe verhenget im des got
daz er sô manegen grôzen spot
vrumet über sîn hantgetât
die er nâch im gebildet hât?

Dô er durch des tiuvels rât
dise grôze missetât   340
sich ze tuonne bewac,
beidiu naht unde tac
wonte er ir vriuntlîcher mite
danne ê wære sîn site.
nû was daz einvalte kint
an sô getâner minne blint
und diu reine tumbe

wo er es immer verhindern kann.
So trachtete er danach,
ihnen Freude und Ehre zu rauben,
und sann, ob er nicht diese Freude
in Schaden wandeln könnte:
Über das Maß hinaus
seine Schwester zu lieben,
flüsterte er dem Junker ein,
bis dieser seine Bruderliebe
in schlimme Absicht verkehrte.
Das eine war die Liebe,
die ihm die Sinne verführte;
das zweite seiner Schwester Schönheit;
das dritte der Hochmut des Teufels;
das vierte aber sein kindlicher Sinn,
der gegen ihn stritt auf des Teufels Seite,
bis er ihn so weit brachte,
daß er wahrhaftig darauf sann,
mit seiner Schwester zu schlafen.
O weh, Herr Gott, wehe
über die List des Höllenhundes,
der uns so tückisch hintergeht!
Warum nur läßt Gott es zu,
daß der Teufel so große Schmach
über das Werk seiner Hände bringt,
das er nach seinem Bilde schuf?

Da der Jüngling nun
nach des Teufels Geheiß
auf diese schwere Sünde sann,
ging er Tag und Nacht
viel freundlicher mit der Schwester um,
als er es sonst gewohnt war.
Aber das arglose Mädchen
war für solche Liebe blind;
sie wußte in ihrer Reinheit

enweste niht dar umbe
wes si sich hüeten solde
und hancte im swes er wolde.   350
nû begap in der tiuvel nie
unz sîn wille an ir ergie.
nû vriste erz unz an eine naht
dô mit slâfe was bedaht
diu juncvrouwe dâ si lac.
ir bruoder slâfes niht enphlac:
ûf stuont der unwîse
und sleich vil harte lîse
zuo ir bette dâ er si vant
unde huop daz ober gewant   360
ûf mit solhen sinnen
daz sî es nie wart innen
unz er dar under zuo ir kam
und sî an sînen arm genam.
ouwî waz wolde er drunder?
jâ læge er baz besunder!
es wâren von in beiden
diu kleider gescheiden
unz an daz declachen.
dô si begunde wachen,   370
dô hete er si umbevangen.
ir munt und ir wangen
vant si im sô gelîmet ligen
als dâ der tiuvel wil gesigen.
nû begunde er si triuten
mê danne vor den liuten
dâ vor wære ie sîn site.
hie verstuont sî sich mite
daz ez ein ernest solde sîn.
si sprach: ‚wie nû, bruoder mîn?   380
wes wil dû beginnen?
lâ dich von dînen sinnen
den tiuvel niht bringen.

24

und Unerfahrenheit nicht,
wovor sie sich zu hüten hatte,
und ließ ihn tun, was er wollte.
Nun gab der Teufel ihn nicht mehr los,
bis sein Wille an ihr geschah.
Er wartete bis an eine Nacht,
da die Jungfrau vom Schlaf umfangen
in ihrem Bette lag.
Ihr Bruder aber schlief nicht:
Auf stand der Ahnungslose,
schlich ganz leise
an das Bett zu ihr
und hob die Decke
so vorsichtig hoch,
daß sie nichts bemerkte,
bis er darunter zu ihr kroch
und sie in seine Arme nahm.
O weh! Was wollte er dort?
Wahrlich, er wäre besser
allein gelegen! Sie beide
lagen ihrer Kleider entblößt,
nur mit der Decke umhüllt.
Als sie nun erwachte,
da hatte er sie umfaßt.
Sie spürte sich mit Mund und Wangen
so eng mit ihm beisammen liegen
wie dort, wo der Teufel siegen will.
Dann begann er sie zu liebkosen,
mehr als er es sonst
vor den Leuten getan hatte.
Und hieran wurde sie gewahr,
daß es ernst sein sollte.
Sie sprach: ‚Was ist, mein Bruder?
Was hast du vor?
Laß dich vom Teufel nicht
um deine Sinne bringen!

waz diutet diz ringen?'
si gedâhte: ,swîge ich stille,
sô ergât des tiuvels wille
und wirde mînes bruoder brût,
unde wirde ich aber lût,
sô haben wir iemer mêre
verloren unser êre.'   390
alsus versûmte si der gedanc,
unz daz er mit ir geranc,
wan er was starc und sî ze kranc,
daz erz âne der guoten danc
brâhte ûf ein endespil.
dâ was der triuwen alze vil.
dar nâch beleip ez âne braht.
alsus wart si der selben naht
swanger bî ir bruoder.
der tiuvels schünde luoder   400
begunde si mêre schünden,
daz in mit den sünden
lieben begunde.
si hâlenz ûf die stunde
daz sich diu vrouwe des entstuont,
sô diu wîp vil schiere tuont,
daz sie swanger wære.
dô wart ir vreude swære:
ez enstiurte si niht ze huote:
si schein in unmuote.   410

In geschach diu geswîche
von grôzer heimlîche:
heten si der entwichen,
sô wæren si unbeswichen.
nû sî gewarnet dar an
ein iegelîche man
daz er swester und niftel sî
niht ze heimlîche bî:

26

Was soll dies Ringen bedeuten?'
Sie dachte: ‚Wenn ich schweige,
so geschieht des Teufels Wille
und ich werde meines Bruders Frau;
schreie ich aber laut,
so haben wir für immer
unsern Ruf verloren.'
Dieser Gedanke lähmte sie,
während er mit ihr rang,
denn er war stark und sie zu schwach,
so daß er trotz ihrem redlichen Willen
das Spiel zu einem Ende brachte.
Das war der Innigkeit zu viel!
Danach blieb alles stille.
So geschah es in jener Nacht,
daß sie vom Bruder schwanger wurde.
Nun aber trieb die Verlockung,
vom Teufel geschürt, die beiden weiter,
so daß es anfing, ihnen
bei ihrer Sünde zu gefallen.
Sie konnten es so lange
verbergen, bis die Schwester spürte,
wie Frauen es gar bald erkennen,
daß sie schwanger sei.
Da wurde ihre Freude zu Kummer,
und es half ihr nichts, sich zu verstellen:
Sehr traurig sah sie aus.

Schuld an der trostlosen Lage der beiden
war ihre große Vertraulichkeit:
Wären sie ihr aus dem Weg gegangen,
sie hätten sich solches Leid erspart.
Deshalb sei an diesem Beispiel
jedermann davor gewarnt,
mit Schwestern und nahen Verwandten
allzu vertraut zu sein:

ez reizet daz ungevüere
daz man wol verswüere.   420

Alsô nû der junge
solhe wandelunge
an sîner swester gesach,
er nam si besunder unde sprach:
,vil liebiu swester, sage mir,
dû truobest sô, waz wirret dir?
ich hân an dir genomen war,
dû schînest harte riuwevar:
des was ich an dir ungewon.'
nû begunde si dâ von   430
siuften von herzen.
den angestlîchen smerzen
erzeigete si mit den ougen.
si sprach: ,des ist unlougen,
mir engê trûrennes nôt.
bruoder, ich bin zwir tôt,
an der sêle und an dem lîbe.
ouwê mir armen wîbe,
wár zuo wart ich geborn?
wande ich hân durch dich verlorn   440
got und ouch die liute.
daz mein daz wir unz hiute
der werlde haben vor verstoln
daz enwil niht mêre sîn verholn.
ich bewar vil wol daz ich ez sage:
aber daz kint daz ich hie trage
daz tuot ez wol den liuten kunt.'
nû half der bruoder dâ zestunt
trûren sîner swester:
sîn jâmer wart noch vester.   450

An disem ungewinne
erzeigete ouch vrou Minne

28

Es reizt zu einem schändlichen Tun,
das jeder verfluchen sollte.

Als der Jüngling nun
eine solche Veränderung
an seiner Schwester sah,
nahm er sie beiseite und sprach:
,Geliebte Schwester, du bist so traurig,
sag mir, was dich bedrückt!
Ich habe es wohl bemerkt,
du siehst bekümmert aus!
So kenne ich dich nicht.'
Darüber seufzte sie
aus tiefem Herzen;
und in ihrem Antlitz
lagen Angst und Schmerz.
Sie erwiderte: ,Du hast recht,
ich kann nur noch traurig sein.
Mein Bruder, ich bin tot
an Leib und Seele.
O ich armes Weib!
Warum bin ich geboren?
Deinetwegen habe ich mir Gott
und auch die Menschen verscherzt.
Der Frevel, den wir bis jetzt
vor der Welt verheimlicht haben,
läßt sich nicht länger verhehlen.
Ich würde mich hüten, etwas zu sagen,
aber das Kind in meinem Leib
wird es den Leuten wohl kundtun.'
Da fing auch der Bruder an,
mit seiner Schwester zu klagen,
und sein Jammer nahm kein Ende.

An diesem ganzen Unheil
bewies Frau Minne von neuem

ir swære gewonheit:
si machet ie nâch liebe leit.
alsam ist in erwallen
daz honec mit der gallen.
er begunde sêre weinen,
daz houbet underleinen
sô riuweclîchen mit der hant
als demz ze sorgen ist gewant.   460
ez stuont umbe al sîn êre:
iedoch sô klagete er mêre
sîner swester arbeit
danne sîn selbes leit.
diu swester sach ir bruoder an,
si sprach: ,gehabe dich als ein man,
lâ dîn wîplich weinen stân
(ez enmac uns leider niht vervân)
und vinden uns etelîchen rât,
ob wir durch unser missetât   470
âne gotes hulde müezen sîn,
daz doch unser kindelîn
mit uns iht verloren sî,
daz der valle iht werden drî.
ouch ist uns ofte vor geseit
daz ein kint niene treit
sînes vater schulde.
jâ ensol ez gotes hulde
niht dâ mite hân verlorn,
ob wir zer helle sîn geborn,   480
wánde ez an unser missetât
deheiner slahte schulde hât.'

Nû begunde sîn herze wanken
in manegen gedanken.
eine wîle er swîgende saz.
er sprach: ,swester, gehabe dich baz.
ich hân uns vunden einen rât

ihre schlimme Art:
Nach Liebe schickt sie immer Leid.
So war auch ihnen beiden
der Honig mit Galle durchmischt.
Der Jüngling begann sehr zu weinen,
er stützte das Haupt
so voller Schmerz in seine Hand
wie einer, der schwere Sorgen trägt.
Alle seine Ehre stand auf dem Spiel;
aber das Elend seiner Schwester
grämte ihn noch mehr
als sein eigenes Leid.
Sie blickte den Bruder an und sprach:
‚Zeige dich als ein Mann!
Weine nicht wie ein Weib,
das kann uns leider nicht helfen.
Laß uns nach einem Ausweg suchen:
Wenn wir schon wegen unserer Sünde
nicht mehr die Gnade Gottes haben,
soll doch wenigstens unser Kind
nicht mit uns verloren sein,
daß wir zu dritt ins Verderben stürzen.
Es ist uns ja auch oft gesagt,
daß nie ein Kind die Schuld
seines Vaters zu tragen braucht.
Nein, es soll nicht die Gnade
Gottes verloren haben,
weil wir der Hölle verfallen sind;
denn es hat keinerlei Schuld
an unserer Übeltat.‘

Hierauf begann sein Geist sich zu regen,
und er dachte hin und her.
Eine Weile saß er schweigend da,
dann sprach er: ‚Jetzt fasse dich, Schwester!
Ich weiß, wo wir einen guten Rat

der uns ze staten gestât
ze verhelne unser schande.
ich hân in mînem lande 490
einen harte wîsen man
der uns wol gerâten kan,
den mir mîn vater ouch beschiet
und mir an sîne lêre riet,
dô er an sînem tôde lac,
wande er ouch sînes râtes phlac.
den neme wir an unsern rât
(ich weiz wol daz er triuwe hât)
und volge wir sîner lêre:
sô gestât unser êre.' 500

Diu vrouwe wart des râtes vrô.
ir vreude schuof sich alsô,
als ez ir dô was gewant:
ir enwas kein ganziu vreude erkant.
daz ê ir trûren wære,
dô si was âne swære,
daz was ir bestiu vreude hie,
daz si niuwan ir weinen lie.
der rât behagete ir harte wol,
si sprach: ,der uns dâ râten sol, 510
bruoder, dén besende enzît,
wan mîn tac unverre lît.'

Nû wart er schiere besant:
der bote brâhte in zehant.
nû wart er schône emphangen:
besunder wart gegangen
in eine kemenâten,
dâ si in râtes bâten.
alsus sprach der jungelinc:
,ich enhân dich umbe swachiu dinc 520

32

bekommen, der uns helfen wird,
unsere Schande zu verbergen.
Ich habe hier im Lande
einen sehr erfahrenen Mann;
der kann uns sicher beraten.
Mein Vater hat ihn mir
auf seinem Totenbett genannt
und mir empfohlen, ihn zu befragen,
da er auch sein Ratgeber war.
Den wollen wir zu Hilfe holen
(ich weiß, daß er zuverlässig ist);
und wenn wir seiner Weisung folgen,
bleibt unsere Ehre erhalten!'

Die Frau war froh über diesen Rat,
wenngleich eine solche Freude
nach ihrer Lage bemessen war:
von ganzer Freude wußte sie nichts mehr.
Was ihr einst Trauern bedeutet hatte,
als sie noch frei von Sorgen war,
erschien ihr nun als die beste Freude:
wenigstens nicht mehr weinen zu müssen.
Der Vorschlag gefiel ihr sehr,
und sie sprach: ,Mein Bruder, sende
doch bald zu dem, der uns raten soll,
denn meine Zeit ist nahe.'

Sofort bestellte man den Alten,
und schon brachte der Bote ihn.
Man empfing ihn höflich
und geleitete ihn
abseits in ein Gemach.
Dort baten sie ihn um Rat,
indem der Jüngling anhob:
,Ich habe dich nicht in geringer Sache

niht dâ her ze hove besant.
ich enweiz nû nieman der mîn lant
ze disen zîten bûwe,
dem ich sô wol getrûwe.
sît dich got sô geêret hât
(er gap dir triuwe und hôhen rât),
des lâ uns geniezen.
wir wellen dir entsliezen
ein heimlîche sache
diu uns nâch ungemache   530
umbe álle unser êre stât,
éz ensî daz uns dîn rât
durch got dâ von gescheide.'
sus buten si sich beide
weinende ûf sînen vuoz.
er sprach: ,herre, dirre gruoz
der diuhte mich al ze grôz,
wære ich joch iuwer genôz.
stât ûf, herre, durch got,
lât hœren iuwer gebot   540
daz ich niemer zebrechen wil
und gebet dirre rede ein zil.
saget mir waz iu werre.
ir sît mîn geborner herre:
ich râte iu sô ich beste kan,
dâne gezwîvelt niemer an.'

Nû tâten si im ir sache kunt.
er half in beiden dâ ze stunt
weinen vor leide
(er meinde wol si beide)   550
und trôste sî vil harte wol,
sô man den vriunt nâch leide sol
daz nieman doch erwenden kan.
sus sprach daz kint zem wîsen man:
,herre, nû vint uns einen rât

34

zu mir an den Hof gebeten.
Doch wüßte ich gegenwärtig
niemanden im Lande,
dem ich wie dir vertrauen darf.
Da Gott dich so ausgezeichnet hat
mit Treue und erfahrenem Rat,
so sei uns mit diesen Gaben behilflich!
Wir möchten dir eine geheime
Angelegenheit eröffnen,
die auf peinliche Weise
all unsere Ehre bedroht,
es sei denn, daß uns dein Rat
mit Gottes Hilfe daraus befreit.'
Damit warfen sich beide
weinend zu seinen Füßen.
Er aber sprach: ,O mein Gebieter,
zu großartig schiene mir diese Begrüßung,
selbst wenn ich Eures Standes wäre.
Um Gottes willen, Herr, steht auf,
sagt mir Euer Gebot
— ich werde es keinesfalls mißachten —
und laßt Eure Absicht hören:
Sagt mir, was Euch bewegt.
Ihr seid mein angestammter Herr;
so gut ich kann, daran zweifelt nicht,
will ich Euch immer beraten.'

Da brachten sie ihm ihr Anliegen vor.
Er aber begann, mit ihnen
ihr Unglück zu beweinen;
er war ihnen wohl gesonnen
und tröstete sie, wie man Freunde
in einem unabwendbaren
Leide trösten soll.
Der Knabe sprach zu dem weisen Alten:
,Herr, zeige du uns einen Ausweg

der uns aller nâhest gât,
sô uns nû kumet diu zît
daz mîn swester gelît,
wâ sie des kindes genese
daz ir geburt verswigen wese.   560
nû gedenke ich, ob ich wone
die wîle mîner swester vone
ûzerhalp dem lande,
daz unser zweier schande
sî verswigen deste baz.'

Der wîse sprach: ,so râte ich daz:
die iuwers landes walten,
die jungen zuo den alten,
sult ir ze hove gebieten
und die iuwerm vater rieten.   570
ir sult iuch wider sî enbarn
daz ir zehant wellet varn
durch got zem heiligen grabe.
mit bete gewinnet uns abe
daz wir der vrouwen hulde swern
(des beginnet sich dâ nieman wern),
daz si des landes müeze phlegen
unz ir belîbet under wegen.
dâ büezet iuwer sünde
als iuch des got geschünde.   580
der lîp hât wider in getân:
den lât im ouch ze buoze stân.
und begrîfet iuch dâ der tôt,
sô ist des eides harte nôt
daz si unser vrouwe müeze sîn.
bevelhet si ûf die triuwe mîn
vor den herren allen:
daz muoz in wol gevallen,
wande ich der altiste under in
und ouch der rîchiste bin.   590

— dringlich liegt er uns am Herzen —
damit, wenn es so weit ist,
daß meine Schwester niederkommt
ihres Kindes zu genesen,
die Geburt geheim bleiben kann.
Ich überlege, ob ich nicht
inzwischen fern von meiner Schwester
außer Landes mich aufhalten soll,
damit unser beider Schande
um so eher verborgen bleibt.'

Der Weise sprach: ,Ich rate Euch dies:
Berufet an den Hof
alle Herren Eures Landes,
sowohl die alten wie die jungen,
wie auch die Berater Eures Vaters.
Offenbart ihnen, daß ihr jetzt
im Namen Gottes unverzüglich
zum Heiligen Grabe ziehen wollt.
Sodann gebietet uns allen,
daß wir der Herrin Gehorsam schwören
(was keiner verweigern wird),
und sagt, sie habe das Land zu verwalten,
solange Ihr unterwegs seid.
Dort büßet dann Eure Sünde,
wie Gott es von Euch verlangt:
Euer Leib hat gesündigt,
darum laßt den Leib Buße tun.
Für den Fall, daß Euch der Tod ereilt,
bedarf es dringend des Eides,
der sie als Fürstin anerkennt.
Und befehlt sie vor allen Herren
in meine eidliche Treuepflicht:
Das dürfte ihnen wohl recht sein,
da ich von ihnen der Älteste
und auch der Angesehenste bin.

sô nim ich si hin heim ze mir:
solhen gemách scháffe ich ir
daz si daz kint alsô gebirt
daz des nieman innen wirt.
got gesende iuch wider, herre:
des getrûwe ich im vil verre.
belîbet ir danne under wegen,
sô gevellet iu der gotes segen.
zewâre sône ist niht mîn rât
daz si durch dise missetât   600
der werlde iht enphliehe,
des landes sich entziehe.
belîbet si bî dem lande,
ir sünde und ir schande
mac si sô baz gebüezen.
si mac den armen grüezen
mit guote und mit muote,
bestât si bî dem guote.
gebristet ir des guotes,
sô enhât si niht wan des muotes: 610
nû waz mác dánne ir muot
gevrumen iemanne âne guot?
waz touc der mout âne guot?
óder guot âne muot?
ein teil vrumet muot âne guot,
noch bezzer ist guot unde muot.
von diu sô dunket mich daz guot,
si behabe guot unde muot.
sô mac si mit dem guote
volziehen dem muote: 620
sô rihte gote mit muote,
mit lîbe und mit guote.
ouch râte ich iu den selben muot.‘
der rât dûhte si beide guot
und volgeten alsô drâte
sînem guoten râte.

Dann bringe ich sie heim zu mir
und schaffe ihr die nötige Pflege,
daß sie das Kind gebären kann,
ohne daß jemand es merkt.
Gott lasse Euch zurückkehren, Herr!
Ihm stelle ich es voll Hoffnung anheim.
Stößt Euch jedoch unterwegs etwas zu,
so werdet Ihr Gottes Segen haben.
Dagegen rate ich keineswegs,
daß auch sie wegen ihrer Sünde
womöglich der Welt entfliehen
und sich dem Lande entziehen soll.
Sie kann ihre Sünde und Schande
besser büßen, indem sie hier
als Landesherrin bleibt:
Wenn sie ihren Besitz nicht verläßt,
kann sie dem Armen freundlich begegnen
mit Gaben und Barmherzigkeit.
Wenn es ihr aber an Gütern fehlt,
so hat sie nur ihren guten Willen.
Wie aber könnte ihr bloßer Wunsch
ohne Gaben jemandem nützen?
Was hilft guter Wille ohne Besitz?
Was Besitz ohne guten Willen?
Etwas vermag auch dieser allein,
aber beide zusammen sind besser.
Daher scheint es mir nützlich,
sie habe den Willen und die Güter.
Mit diesen kann sie ausführen,
wozu ihr Inneres sie treibt.
So mag sie Gott Genüge tun
mit Leib und Seele und Besitz.
Ich rate auch Euch zu dieser Gesinnung.'
Dieser gute Vorschlag
war ihnen beiden willkommen;
daher befolgten sie ihn eilig.

Dô die herren über daz lant
ze hove wurden besant,
dô si vür kâmen
und ir herren vernâmen, 630
sîner bete wart gevolget sâ.
dem alten bevalh er dâ
sîne swester bî der hant.
sus gedâhte er rûmen sîn lant.
den schaz den in ir vater lie,
der wart mit ir geteilet hie.
sus schieden sî sich beide
mit grôzem herzeleide.
enheten si niht gevürhtet got,
si heten iemer der werlde spot 640
geduldet vür daz scheiden.
man möhte von in beiden
dâ grôzen jâmer hân gesehen.
niemer müeze mir geschehen
alsô grôzer ungemach,
als den gelieben geschach,
dô si sich muosen scheiden.
zewâre ez was in beiden
diu vreude alsô tiure
sam daz îs dem viure. 650
ein getriuwiu wandelunge ergie,
dô si sich muosen scheiden hie:
sîn herze volgete ir von dan,
daz ir bestuont bî dem man.
durch nôt tet in daz scheiden wê:
sine gesâhen ein ander niemer mê.

Nû vuorte dirre wîse man
sîne juncvrouwen dan
in sîn hûs, dâ ir geschach
michel guot unde gemach. 660
nû was sîn hûsvrouwe ein wîp

Die Vasallen des ganzen Landes
wurden zu Hofe geladen.
Sie kamen herbei, und als sie die Bitte
ihres Herrn vernommen hatten,
da willfuhren sie ihm.
Er befahl sodann seine Schwester
durch Handschlag in den Schutz des Alten
und wandte sich zum Aufbruch.
Das vom Vater ererbte Vermögen
teilte er mit seiner Schwester.
So schieden nun beide voneinander
mit großem Herzeleid.
Hätten sie nicht Gott gefürchtet,
sie hätten lieber den Spott der Welt
als die Trennung auf sich genommen.
Da konnte man den großen Schmerz
der beiden offen erkennen;
ich wollte, mir geschähe nie
ein so schweres Leid,
wie es den Liebenden hier
beim Abschied widerfuhr.
Wahrlich, ihnen beiden
war die Freude so fremd
wie das Eis dem Feuer.
Sie tauschten in Treue ihre Herzen,
als sie sich trennen mußten:
Sein Herz zog mit der Schwester,
und das ihre blieb bei dem Mann.
Es mußte sein; der Abschied schmerzte.
Sie sollten einander nie mehr sehen.

Alsdann führte der weise Mann
seine junge Gebieterin
zu sich nach Hause, wo man sie
reichlich und liebevoll versorgte.
Die Frau des Alten war

diu beidiu sinne unde lîp
in gotes dienest hâte ergeben:
dehein wîp endorfte bezzer leben.
diu half in âne untriuwe steln,
ir vrouwen kumber verheln,
sô ez wîbes güete gezam,
daz ir geburt sô ende nam
daz der nieman wart gewar.
ez was ein sun daz si gebar,   670
der guote sündære
von dem disiu mære
allerêrste erhaben sint.
ez was ein wünneclîchez kint.
ze des kindes gebürte
was niemen ze antwürte
niuwan dise vrouwen zwô.
der wirt wart dar geladet dô:
und als er daz kint ersach,
mit den vrouwen er des jach   680
daz nie zer werlde kæme
ein kint alsô genæme.

Nû wurden si alsô drâte
under in ze râte
wie ez verholen möhte sîn.
si sprâchen, diz schœne kindelîn
daz wære schedelich verlorn:
nû aber wære ez geborn
mit alsô grôzen sünden,
ez enwolde in got künden,   690
daz sie niene westen
von ræten den besten.
an got sazten si den rât,
daz er si aller untât
bewarte an disen dingen.
dô muose in wol gelingen,

42

mit all ihrem Tun und Denken
in Gottes Dienst ergeben:
Keine konnte frömmer leben.
Die half ihnen in ihrem heimlichen Tun,
treu und mit wahrer fraulicher Güte,
die Not der Herrin zu verbergen
und die Geburt so einzurichten,
daß niemand sie bemerkte.
Einen Sohn gebar die Frau —
jenen guten Sünder,
dem von ihrem Anfang an
diese Erzählung gilt.
Es war ein Kind zum Entzücken.
Bei seiner Geburt
war niemand zugegen
als die beiden Frauen allein.
Sie riefen sogleich den Hausherrn;
und als der es erblickte,
bekannte er mit den Frauen,
so ein wunderschönes Kind
sei noch nie zur Welt gekommen.

Nun überlegten sie
sogleich miteinander,
wie sie es verbergen könnten.
Sie meinten, es sei schade,
dies schöne Kind zu verlieren;
doch sei es andererseits
in so großen Sünden geboren,
daß sie sich nicht zu helfen wüßten,
käme ihnen nicht Rat von Gott.
Darum legten sie
die Entscheidung in seine Hand
und baten ihn, er möge sie
vor aller Fehltat bewahren.
Da sollten sie wohl eine Lösung finden,

wan im niemer missegât
der sich ze rehte an in verlât.

Nû kam in vaste in den muot,
in enwære niht sô guot
daz si ez versanden ûf den sê.
daz wart niht gevristet mê:
der wirt huop sich verstolne
und gewan vil verholne
ein väzzelîn vil veste
und hie zuo daz beste
daz deheinez möhte sîn.
dâ wart daz schœne kindelîn
mit manegem trahene in geleit,
under unde über gespreit
alsô rîchiu sîdîn wât
daz nieman bezzere hât.
ouch wurden zuo im dar in
geleit, als ich bewîset bin,
zweinzic marke von golde,
dâ mite man ez solde
ziehen ob ez ze lande
got iemer gesande.

Ein tavel wart getragen dar
der vrouwen diu daz kint gebar
diu vil guot helfenbein was,
gezieret wol, als ich ez las,
von golde und von gesteine,
daz ich nie deheine
alsô guote gewan.
dâ schreip diu muoter an
sô si meiste mahte
von des kindes ahte:
wan sie hâte des gedingen
daz ez got solde bringen

700

710

720

730

denn wer sich recht auf Gott verläßt,
wird nie das Verkehrte tun.

Und schon fiel ihnen ein,
es sei am allerbesten,
das Kind aufs Meer zu schicken.
Also wurde nicht lange gesäumt:
Verstohlen machte der Hausherr sich auf
und besorgte insgeheim
ein festgefügtes Kästchen —
eines, das für diesen Zweck
aufs beste geeignet war.
Darein wurde mit vielen Tränen
das schöne Kind gelegt;
sie umhüllten es
mit der kostbarsten Seide,
wie es keine bessere gibt.
Auch legten sie zu ihm
— wie ich erfahren habe —
zwanzig Goldmark hinein,
von denen man es aufziehen sollte,
falls Gott es jemals
wieder an Land kommen ließe.

Der Mutter des Kindes
übergab man eine Tafel
aus edlem Elfenbein,
und, so habe ich gelesen,
mit Gold und Edelstein reich geziert:
ich selber habe nie
eine so schöne besessen.
Darauf schrieb die Mutter
so ausführlich, wie sie durfte,
über die Herkunft des Kindes;
denn sie hoffte vertrauensvoll,
Gott werde es solchen Menschen

den liuten ze handen
die got an im erkanden.
dar an stuont geschriben sô:
ez wære von gebürte hô,
unde diu ez gebære
daz diu sîn base wære,
sîn vater wære sîn œhein,
ez wære, ze helne daz mein,
versendet ûfe den sê.
dar an schreip si noch mê: 740
daz manz toufen solde
und ziehen mit dem golde,
und ob sîn vindære
alsô kristen wære,
daz er im den schaz mêrte
und ez ouch diu buoch lêrte,
sîn tavel im behielte
und im der schrift wielte,
würde ez iemer ze man,
daz er læse dar an   750
álle disse geschiht,
sô überhüebe er sich niht,
unde würde er alsô guot
daz er ze gote sînen muot
wenden begunde,
sô buozte er zaller stunde
durch sîner triuwen rât
sînes vater missetât,
und daz er ouch der gedæhte
diu in zer werlde bræhte: 760
des wære in beiden nôt
vür den êwigen tôt.
im wart dâ niht benant
weder liute noch lant,
geburt noch sîn heimuot:
daz was ouch in ze helne guot.

46

in die Hände senden,
die hieran sein Wirken erkennen möchten.
Sie schrieb auf die Tafel folgendes:
Das Kind sei von hoher Geburt,
aber die es geboren habe,
sei zugleich seine Vaterschwester,
und sein Vater zugleich sein Oheim;
um diesen Frevel zu verbergen,
habe man es aufs Meer gesetzt.
Weiter fügte sie hinzu,
daß man das Kindlein taufen
und von dem Gelde aufziehen solle.
Und wenn der Finder
gleichfalls ein Christ sei,
so möge er ihm den Schatz vermehren,
möge es im Lesen der Bücher
und im Schreiben unterweisen
und ihm die Tafel aufbewahren,
damit er einst als Mann
diese ganze Geschichte
selber lesen könne.
Das lasse ihn nicht überheblich werden.
Und würde er einst so fromm,
daß sein ganzer Sinn
nur noch auf Gott gerichtet sei,
so werde er damit immer
seiner Sohnespflicht folgen
und für die Sünde des Vaters büßen.
Er solle ferner der Frau gedenken,
die ihn zur Welt gebracht:
Dessen bedürften sie beide
zur Rettung vor dem ewigen Tod.
Aber sie nannte ihm
weder Land noch Leute,
nicht seine Heimat noch sein Geschlecht:
Und das zu verschweigen war wohl am Platze.

Dô der brief was gereit,
dô wart diu tavele geleit
zuo im in daz kleine vaz.
dô besluzzen si daz
mit solher gewarheit
daz deheiner slahte leit
geschæhe dem kinde
von regen noch von winde
noch von der ünden vreise
ûf der wazzerreise
ze zwein tagen oder ze drin.
alsus truogen sî ez hin
bî der naht zuo dem sê:
vor dem tage enmohten si ê.
dâ vunden si eine barke
ledige unde starke:
dâ leiten si mit jâmer an
disen kleinen schefman.
dô sande im der süeze Krist
der bezzer danne gnædic ist
den vil rehten wunschwint:
si stiezen an, hin vlôz daz kint.

Ir wizzet wol daz ein man
der ir iewederz nie gewan,
reht liep noch grôz herzeleit,
dem ist der munt niht sô gereit
rehte ze sprechenne dâ von
sô dém dér ir ist gewon.
nû bin ich gescheiden
dâ zwischen von in beiden,
wan mir iewederz nie geschach:
ichn gewan nie liep noch ungemach,
ich enlebe übele noch wol.
dâ von enmac ich als ich sol
der vrouwen leit entdecken

48

Als dieser Brief verfertigt war,
legte man die Tafel zum Kind
in das kleine Kästchen.
Dieses verschlossen sie
mit so großer Sorgfalt,
daß dem Kinde auf seiner
Wasserreise von zwei, drei Tagen
keinerlei Schaden geschehen konnte,
weder vom Regen noch vom Wind
noch von dem Ungestüm der Wogen.
Dann trugen sie es zur Nachtzeit
— beim Lichte des Tages durften sie nicht —
an das Meer hinab.
Dort fanden sie eine gut gebaute
Barke, die herrenlos war,
und legten wehklagend
den kleinen Seefahrer dort hinein.
Da sandte Christus ihm
in seiner überreichen Güte
den besten Wind, den man wünschen konnte:
Kaum hatten sie es abgestoßen,
so schwamm das Kind dahin.

Ihr werdet wohl wissen, daß ein Mann,
der weder wahre Freude
noch schweres Herzeleid selbst erfuhr,
auch nicht die rechten Worte hat,
um so über beides zu sprechen
wie einer, der damit vertraut ist.
Ich bin von beidem frei geblieben,
immer gerade so in der Mitte,
denn weder Freude noch Leid
ist mir je widerfahren.
Ich lebe weder im Glück noch im Unglück.
Daher kann ich den Schmerz der Frau
nicht so, wie ich sollte, offenbaren

noch mit worten errecken,
wán ez wære von ir schaden
tûsent herze überladen.

Der leide wâren driu
diu diu vrouwe einiu
an ir ze disen zîten truoc,
der iegelîches wære genuoc
vil maniges wîbes herzen.
si truoc den einen smerzen   810
von dem meine daz si begie
mit ir bruoder den si lie.
der siechtuom der ander was,
daz si des kindes genas.
daz dritte was diu vorhte
die ir der jâmer worhte
nâch ir lieben kinde
daz si dem wilden winde
hete bevolhen ûf den sê,
und enweste niht, wie ez im ergê,   820
wederz genæse oder læge tôt.
si was geborn ze grôzer nôt.
noch enwas ez niht gescheiden
mit disen drin leiden.
unmanic tac ende nam
unz ir bœse mære kam
und der grœzist ungemach
der ir zir lebene ie geschach,
daz ir bruoder wære tôt.
der tôt kam im von seneder nôt.   830

Dô si von ir bruoder schiet,
als in der wîse beiden riet,
nû begunde er siechen zehant
(des twanc in der minne bant)
und muose belîben sîner vart

und ihn mit Worten im einzelnen schildern:
Sie hätte mit der Last ihres Unglücks
tausend Herzen beladen können.

Dreifach war das Leid, das die Frau
nun allein für sich tragen mußte,
wovon doch eines schon
für die meisten Frauenherzen
viel gewesen wäre:
Einmal quälte sie der Schmerz
über die Sünde mit ihrem Bruder,
den sie hatte ziehen lassen.
Das zweite war ihre Mattigkeit
infolge der Geburt des Kindes.
Das dritte aber, geweckt
von schmerzlichem Verlangen,
war die Angst um ihr liebes Kind,
das sie nun den Stürmen
des Meeres anvertraut hatte:
Sie wußte nicht, wie es ihm ging,
ob es Rettung finden oder sterben würde.
Zu schwerem Schicksal war sie geboren.
Aber mit diesen drei Leiden
war es noch nicht getan.
Wenige Tage später
traf sie die schlimme Nachricht
— und mit ihr der größte Schmerz,
den sie jemals erfahren hatte —,
daß ihr Bruder gestorben sei:
Ihm hatte die Sehnsucht den Tod gebracht.

Als sie sich damals von ihm getrennt,
wie ihnen beiden der Weise geraten,
war er plötzlich erkrankt,
von den Banden der Liebe bezwungen,
und mußte die Fahrt unterbrechen,

der er durch got enein wart.
sîn jâmer wart sô vester
nâch sîner lieben swester
daz er ze deheiner stunde
sich getrœsten kunde. 840
alsus dorrete im der lîp.
swie si doch jehen daz diu wîp
sêrer minnen dan die man,
desn ist niht. daz schein dar an:
wande sîn herzeleit
dáz im was vür gespreit,
daz was dâ wider kleine,
niuwan diu minne eine
diu im ein zil des tôdes was:
der hete si vieriu und genas. 850
sus ergreif in diu senede nôt
und lac vor herzeriuwe tôt.

Diz mære wart ir kunt getân,
dô si ze kirchen solde gân,
rehte dâ vor drîer tage.
nû vuor si hin mit grôzer klage
und begruop ir bruoder und ir man.
dô si daz lant zuo ir gewan
unde daz ze mære erschal
in den landen über al, 860
vil manic rîcher herre
nâhen unde verre
die gerten ir ze wîbe.
an gebürte und an lîbe,
an der rîcheit und an der jugent,
an der schœne und an der tugent,
an zuht únd an güete
und an allem ir gemüete
sô was si guotes mannes wert: 870
doch wurden si állè entwert.

die er Gott zuliebe begonnen hatte.
Immer stärker wurde sein Sehnen
nach seiner lieben Schwester,
so daß er sich nicht mehr trösten konnte.
Und so welkte sein Leib dahin.
Wie sehr man auch sagt, die Frauen
liebten inniger als die Männer —
es trifft doch keineswegs zu,
wie man hieran erkennt:
Das Herzeleid, in dem er sich sah,
war gegen das ihre gering,
doch nicht sein Liebesschmerz:
Der brachte ihm den Tod.
Sie hatte vierfaches Leid zu tragen
und blieb dennoch am Leben.
Aber er war gestorben vor Liebe,
in den Qualen der Sehnsucht.

Sie erhielt diese Botschaft
gerade drei Tage bevor sie wieder
zur Kirche gehen sollte.
Bitterlich klagend zog sie fort
und begrub ihren Bruder und Geliebten.
Da sie nun Landesherrin war
und diese Kunde überall
rings umher erschallte,
warben viele reiche Herren
von nah und fern um ihre Hand.
Denn sie war durch ihre Herkunft,
ihr Aussehen, ihren Reichtum,
ihre Jugend und ihre Schönheit,
durch ihre edlen Sitten,
ihre Züchtigkeit und wahre Güte
und ihrem ganzen Wesen nach
wohl eines edlen Mannes würdig.
Doch alle wies sie von sich ab.

Si hete zuo ir minne erwelt
weizgot einen starken helt,
den aller tiuristen man
der ie mannes namen gewan.
vor dem zierte sî ir lîp,
als ein minnendez wîp
ûf einen biderben man sol
dem si gerne behagete wol.
swie vaste ez sî wider dem site
daz dehein wîp mannes bite,   880
sô lác si im dóch allez an,
sô si des state gewan:
mit dem herzen zaller stunde,
unde ouch mit dem munde:
ich meine den gnædigen got.
sît daz ir des tiuvels spot
sîne hulde hete entworht,
daz hete si nû sô sêre ervorht
daz si vreude und gemach
durch sîne hulde versprach   890
sô daz si naht unde tac
solher unmuoze phlac
diu dem lîbe unsanfte tete.
beide mit wachen und mit gebete,
mit almuosen und mit vasten
enlie si den lîp nie gerasten.
diu wâre riuwe was dâ bî,
diu aller sünden machet vrî.

Nû was ir ein herre
gesezzen unverre,   900
des namen vil wol ir gelîch,
beidiu edel unde rîch:
der leite sînen vlîz dar an
daz si in næme ze man.
und dô er sîn reht getete

54

In Wahrheit hatte sie ihre Liebe
einem starken Helden geschenkt,
dem vortrefflichsten Herrn,
den es je gegeben hat.
Für ihn schmückte sie sich,
wie ein liebendes Weib
für einen tüchtigen Mann es soll,
dem sie gerne gefallen möchte.
Und widerspricht es auch der Sitte,
daß eine Frau um den Mann sich bewirbt,
sie drang dennoch ständig in ihn,
sei es mit Worten oder Gedanken,
sooft sie dazu Gelegenheit fand.
Ich meine den gnädigen Gott.
Daß ihr durch die Schmach des Teufels
Gottes Gnade entrissen war,
hatte sie so in Furcht getrieben,
daß sie aller Freude
und aller Bequemlichkeit
um seiner Gnade willen entsagte.
Immerzu, bei Tag und Nacht,
gab sie sich Werken hin,
die hart ihrem Leib zusetzten;
mit Wachen, mit Beten,
mit Fasten und Almosengeben
ließ sie sich nicht zur Ruhe kommen.
Zugleich erfüllte sie wahre Reue,
die von aller Sünde befreit.

Nicht weit von ihr wohnte
ein Herr auf seinem Besitz,
von gleichem Stande wie sie,
adelig und mächtig.
Der war eifrig darum bemüht,
ihr Gemahl zu werden;
nachdem er die Pflicht eines Freiers erfüllt

mit boteschefte und mit bete
als er ez versuochen solde
und sî sîn niene wolde,
nû wânde er si gewinnen sô:
mit urliuge und mit drô
sô bestuont er sî zehant
unde wuoste ir daz lant.
er gewan ir abe di besten
stete und ir vesten
unz er sî gar vertreip,
daz ir niht mê beleip
niuwan eine ir houbetstat.
diu was ouch alsô besat
mit tegelîcher huote,
ez enwelle got der guote
mit sînen gnâden understân,
si muoz ouch die verloren hân.

Nû lâzen dise rede hie
unde sagen wie ez ergie
dirre vrouwen kinde,
daz die wilden winde
wurfen swar in got gebôt,
in daz leben oder in den tôt.
unser herre got der guote
underwânt sich sîn ze huote,
von des genâden Jônas
oúch in dem mere genas,
der drîe tage und drîe naht
in dem wâge was bedaht
in eines visches wamme.
er was des kindes amme
unz daz er ez gesande
wol gesunt ze lande.

und gebührend um sie geworben hatte,
mit Liebesbotschaft und seinem Antrag,
sie ihn aber beharrlich abwies,
da gedachte er sie
auf anderem Wege zu gewinnen:
Er überfiel sie mit Krieg,
bedrohte sie und zerstörte ihr Land.
Ihre besten Städte
und ihre Burgen eroberte er
und vertrieb sie völlig,
so daß ihr einzig und allein
noch ihre Hauptstadt übrigblieb.
Auch diese wurde von ihm
tagaus, tagein belagert,
und wenn es nicht der gütige Gott
in seiner Gnade noch hinderte,
so mußte auch sie verlorengehen.

Hier unterbrechen wir den Bericht,
um zu erzählen, wie es
dem Kindlein dieser Frau erging,
das die wilden Winde
dahin warfen, wohin Gott es befahl:
ins Leben oder in den Tod.
Unser gnädiger Herrgott aber,
der durch seine Gnade einst
auch Jonas aus dem Meere gerettet,
als er in der wogenden Flut
drei Tage und drei Nächte lang
im Bauch eines Fisches beherbergt war,
nahm sich als Beschützer
des Kindleins an und ward seine Amme,
bis er es wohlbehalten
ans Ufer gelangen ließ.

In zwein nehten und einem tage
kam ez von der ünden slage   940
zuo einem einlande,
als got ez dar gesande.
ein klôster an dem stade lac,
des ein geistlich abbet phlac.
der gebôt zwein vischæren
daz si benamen wæren
vor tage vischen ûf den sê.
dô tet in daz weter wê:
der wint wart alsô ein dôz
daz si kleine noch grôz   950
mohten gevâhen.
si begunden wider gâhen.
in der widerreise
vunden si ûf der vreise
sweben des kindes barke.
nû wunderte si vil starke
wie si dar komen wære
alsô liute lære.
si zugen dar zuo sô nâhen
daz si dar inne sâhen   960
ligen daz wênige vaz.
dar ûz huoben si daz
und leiten ez in daz schef zuo in:
diu barke ran lære hin.

Daz wintgedœze wart sô grôz
daz si ûf dem sê verdrôz.
diu state enmohte in niht geschehen
daz si hæten besehen
waz in dem vazze wære.
daz was in aber unmære: 970
wan sie hâten des gedâht,
sô sî ez ze hûse hæten brâht,
sô besæhen si mit gemache

In zwei Nächten und einem Tage
wurde es durch den Schlag der Wellen
nach dem Ratschluß Gottes
an eine Insel getrieben.
Dort lag ein Kloster am Gestade,
von einem frommen Abte geleitet.
Dieser hatte zwei Fischern befohlen,
auf jeden Fall noch vor Tage
zum Fischen auf das Meer zu fahren.
Aber ein Unwetter traf sie dort,
und es erhob sich ein tosender Sturm,
so daß sie weder kleine noch große
Fische fangen konnten;
daher wandten sie um.
Als sie heimwärts fuhren,
sahen sie auf den gefährlichen Wogen
die Barke des Kindes treiben.
Es wunderte sie über die Maßen,
wie diese so unbemannt
hierher gekommen sei;
so nahe ruderten sie heran,
daß sie darin das kleine Kästchen
liegen sehen konnten.
Sie hoben es heraus,
legten es zu sich ins Schiff
und ließen die leere Barke ziehen.

Das Sturmgetöse wurde so heftig,
daß ihnen auf dem Meere
unheimlich zu werden begann.
So fanden sie keine Gelegenheit mehr,
nach dem Inhalt des Kästchens zu sehen;
aber das kümmerte sie nicht weiter,
denn sie gedachten,
das, was sie gefunden,
später in Ruhe anzuschauen,

ir vundene sache.
si wurfen drüber ir gewant
und zugen vaste an daz lant.
iemitten kuren si den tac:
der abbet der der zelle phlac
gie kúrzwîlen zuo dem sê,
er alters eine und nieman mê,   980
und warte der vischære,
welch ir gelücke wære.
dô vuoren si enmitten zuo:
des dûhte den abbet alze vruo.
er sprach: ,wie ist ez ergangen?
habet ir iht gevangen?'
sie sprâchen ,lieber herre,
wir wâren alze verre
gevaren ûf den wilden sê.
uns wart von weter nie sô wê: 990
uns was der tôt vil nâch beschert,
wir haben den lîp vil kûme ernert.'
er sprach: ,nû lât die vische wesen:
got lobe ich daz ir sît genesen
und alsô komen an daz stat.'
der abbet im dô sagen bat,
er sprach, waz ez möhte sîn:
dâ meinde er daz vezzelîn
daz mit dem gewande was gespreit.
diu vrâge was in beiden leit   1000
und sprâchen, wes ein herre
vrâgete alsô verre
umbe armer liute sache
in beiden ze ungemache.
dô reichte er dar mit dem stabe,
daz gewant warf er abe
und sach daz wênige vaz.
er sprach: ,wâ nâmet ir daz?'
nû gedâhten si maneger lügen,

sobald sie es heimgebracht hätten.
Sie warfen ihre Mäntel darüber
und ruderten eilig an Land.
Inzwischen spürten sie es tagen.
Der Abt, dem die Aufsicht der Zellen oblag,
ging zu seinem Vergnügen
ganz allein an die See
und schaute nach den Fischern aus,
welchen Erfolg sie hätten:
Die fuhren bereits auf ihn zu,
was ihm doch allzu zeitig erschien.
Er fragte: ,Wie ist es euch ergangen?
Habt ihr einen Fang getan?'
Sie erwiderten: ,Lieber Herr,
wir waren schon zu weit
aufs wilde Meer hinausgefahren,
denn ein Wetter, arg wie noch nie,
brachte uns ernstlich in Lebensgefahr:
Wir haben mit Mühe das Leben gerettet!'
Er sprach: ,Laßt Fische Fische sein!
Ich will Gott danken, daß ihr heil
ans Ufer gekommen seid!'
Dann bat er sie, ihm zu sagen,
was denn dieses sei —
und damit meinte er das Gefäß,
auf das ihre Kleider gebreitet waren.
Die Frage war ihnen beiden lästig,
und sie redeten: wieso ein Herr
sich nach armer Leute Sachen
so genau erkundige;
das sei ihnen beiden peinlich.
Da langte der Abt mit dem Stock danach,
schob ihre Mäntel zur Seite
und sah das kleine Kästchen.
Er fragte: ,Woher habt ihr das?'
Nun sannen sie auf allerlei Ausflucht,

wie si den abbet betrügen,
und wolden imz entsaget hân
und hæten daz ouch wol getân,
wán daz érs wart innen
von unsers herren minnen.
dô er die vrâge wolde lân
und wider in sîn klôster gân,
dô erweinde daz kint vil lûte
und kunte dem gotes trûte
daz ez dâ wære.
dô sprach der gewære:
,hie ist ein kint inne.
saget mir in der minne,
wâ habet ir ez genomen?
wie ist ez iu zúo komen?
daz wil ich wizzen, crêde mich.'
dô bedâhten si sich
und sageten im als ich iu ê,
wie si ez vunden ûf dem sê.
nû hiez er ez heven ûf den sant
unde lœsen abe diu bant
dô sach er ligen dar inne
seltsæne gewinne,
ein kint, daz im sîn herze jach
daz er sô schœnez nie gesach.

Der ellende weise,
wande er deheine vreise
gevürhten niene kunde,
mit einem süezen munde
sô lachete er den abbet an.
und alsô der gelêrte man
an sîner tavele gelas
wie daz kint geboren was,
daz manz noch toufen solde
und ziehen mit dem golde,

um den Abt zu hintergehen
und den Fund ihm vorzuenthalten —
und so wäre es auch wohl gekommen,
hätte nicht Gott in seiner Liebe
es ihn gewahr werden lassen.
Schon wollte er nämlich das Fragen beenden
und wieder in sein Kloster gehen,
als das Kind laut zu weinen begann
und damit dem Freunde Gottes
seine Anwesenheit kundtat.
Da sprach der aufrichtige Mann:
,Hierinnen ist ein Kind!
Sagt mir bei der Liebe des Herrn,
woher habt ihr es?
Wie seid ihr dazu gekommen?
Bei Gott, das will ich wissen!'
Jetzt besannen sie sich
und schilderten ihm, wie vorhin ich euch,
wie sie den Schrein auf dem Meer gefunden.
Da ließ er ihn auf den Sand heben
und seine Bänder lösen.
Ein seltenes Geschenk
sah er nun darin liegen:
ein Kind, so schön — das bekannte sein Herz —,
wie er noch keines je gesehen.

Das fremde Waisenkind,
weil es ja von Gefahr
und Furcht noch gar nichts wußte,
lächelte den Abt
mit holdem Munde an.
Als nun der Schriftkundige
auf jener Tafel gelesen hatte,
wie dieses Kind geboren war,
auch daß man es noch taufen
und von dem Golde aufziehen solle,

daz kunde er wol verswîgen.
ze gote begunde er nîgen,
ze himele huop er tougen
die hende und diu ougen
und lobete got des vundes
und des kindes gesundes.   1050

Daz kindelîn si vunden
mit phelle bewunden,
geworht ze Alexandrîe.
nû westen ez dise drîe:
ez enwart ouch vürbaz niht gespreit.
ouch saget uns diu wârheit
von den vischæren
daz si gebruoder wæren.
die muosen im beide
mit triuwen und mit eide   1060
vil wol bestæten daz,
si ensageten ez niemer vürbaz.

Die bruoder wâren ungelîch,
der eine was arm, der ander rîch.
der arme bî dem klôster saz,
der rîche wol hin dan baz
wol über einer mîle zil.
der arme hete kinde vil:
der rîche nie dehein kint gewan,
niuwan ein tohter, diu hete man.   1070
nû wart der abbet enein
vil guoter vuoge mit den zwein,
daz sich der ermere man
næme daz kint an
und ez dâ nâhen bî im züge
und den liuten alsus lüge,
swer in ze deheiner stunde
vrâgen begunde

verschwieg er diese Dinge wohl.
Er neigte sich vor Gott,
hob dann still für sich
Hände und Antlitz zum Himmel empor
und lobte Gott, der ihm diese Gabe,
ein gesundes Kind, gesandt hatte.

Sie fanden das Kindlein
mit feiner Seide umwickelt,
gewirkt in Alexandrien.
Nun wußten also diese drei
allein um das Geheimnis,
und es wurde nicht weiter verbreitet.
Wie uns überliefert ist,
waren die Fischer zwei Brüder.
Sie mußten beide dem Abt
mit Schwur und Handschlag versprechen,
niemals dieses Geheimnis
jemandem weiterzusagen.

Die Brüder waren ungleich begütert:
Der eine war arm, der andere reich.
Der arme wohnte nahe beim Kloster,
der reiche etwas weiter entfernt,
eine gute Meile Weges.
Der arme hatte viele Kinder,
der reiche aber nur eine Tochter,
die verheiratet war.
Daher kam der Abt mit den beiden
auf gutem Wege überein,
daß sich der Ärmere von ihnen
des Kindes annehmen und es hier,
in seiner Nähe, aufziehen möge.
Sollte ihn aber jemals
einer danach fragen,
woher das Kind denn sei,

wâ er daz kint hete genomen,
daz ez im wære zuo komen
von sînes bruoder tohter
(deheinen list enmohter
erdenken sô gevüegen)
únde dáz si ez trüegen,
sô si wol enbizzen sît
unz nâch der messezît,
und man den abbet bæte
daz er sô wol tæte
und daz kint selbe toufte
und dâ mite koufte
got und ir dienesthaften muot.
der rât was gevüege und guot.

Nû nam der abbet dâ den rât,
golt und die sîdîne wât,
und gap dem armen dô zehant
der sich des kindes underwant
zwô marke von golde,
dâ mite erz ziehen solde,
dem andern eine marke,
daz er ez hæle starke.
daz ander truoc er von dan,
der vil sælige man.
vil wol gehielt er im daz,
dêswâr er enmöhte baz,
wande érz ze gewinne kêrte
unz er imz wol gemêrte.

Der arme vischære niht enliez
er entæte als in sîn herre hiez.
dô im der mitte tac kam,
daz kint er an den arm nam:
sîn wîp gie im allez mite
nâch gebiurlîchem site

so solle er lügen und sagen,
die Tochter seines Bruders
habe es ihm gegeben
(einen geschickteren Ausweg
hätte er nicht erfinden können).
Jetzt aber, bis sie gegessen hätten
und bis dann die Messe vorüber sei,
sollten sie das Kind an sich nehmen,
es dann herbeitragen und den Abt
um die Freundlichkeit bitten,
er möge das Kindlein selber taufen
und sich dadurch Gottes Gnade
und ihre Dankbarkeit erwerben.
Dieser Rat war klug und gut.

Nun nahm der Abt die Aussteuer,
das Gold und die seidenen Tücher,
und gab dem Armen von beiden,
der das Kind in Pflege nahm,
sogleich zwei Mark in Gold,
von denen er es aufziehen sollte;
dem andern gab er eine Mark,
damit er die Sache geheimhielt.
Das übrige nahm er selbst an sich,
dieser vom Himmel gesegnete Mann:
Er verwahrte es für den Knaben
wirklich auf die beste Art,
indem er es auf Gewinn anlegte
und dadurch reichlich vermehrte.

Der arme Fischer säumte nicht
zu tun, wie ihm sein Herr geheißen.
Und als der Mittag gekommen war,
nahm er das Kind auf seinen Arm
und ging nach bäuerlichem Brauch
wie immer mit seinem Weibe zum Kloster,

ze klôster, dâ er den abbet sach
under sînen bruodern. er sprach:
‚herre, iu sendet diz kint,
liute die iu willic sint,
mînes bruoder tohter und ir man,
und geloubent starke dar an,
ob ir ez selbe toufet,
dem kinde sî gekoufet   1120
dâ mite ein sæligez leben,
und geruochet im iuwern namen geben.‘
diu bete was der münche spot.
si sprâchen: ‚seht (sô helfe iu got)
ze disem gebiurischen man,
wie wol er sîne rede kan.‘
der herre emphie die rede wol
als der diemüete sol.
als er daz kint rehte ersach,
vor sîner bruoderschaft er sprach: 1130
‚ez ist ein sô schœne kint:
sît si des gotes hûses sint,
dêswâr wir suln inz niht versagen.‘
daz kint hiez er ze toufe tragen.
er huop ez selbe und hiez ez sus
nâch sînem namen: Grêgôrjus.

Dô daz kint die toufe emphie,
der abbet sprach: ‚sît ich nû hie
sîn geistlich vater worden bin,
durch mînes heiles gewin   1140
sô wil ich ez iemer hân
(ez ist sô sæliclich getân)
vil gerne an mînes kindes stat.‘
vil minneclîchen er dô bat
den sînen vischære
daz er sîn vlîzic wære.
er sprach: ‚nû ziuch mir ez schône.

68

wo er den Abt im Kreise
der Brüder sah. Er sprach:
‚Dieses Kind, Herr, senden Euch
Leute, die Euch ergeben sind:
meines Bruders Tochter und ihr Mann.
Sie glauben beide fest,
es werde das Kind, wenn Ihr es tauft,
ein gnadenreiches Leben erlangen.
Darum wollet so gütig sein,
ihm Euren Namen zu geben.‘
Darüber machten die Mönche sich lustig
und sagten: ‚Ei, bei Gott,
nun seht euch diesen Bauern an,
wie fein er doch sein Sprüchlein weiß.‘
Der Abt aber nahm die Bitte an,
wie es der Demütige soll.
Er betrachtete das Kind
und sprach zu seiner Bruderschaft:
‚Es ist ein wirklich schönes Kind.
Da sie zum Klostergut gehören,
sollten wir ihnen die Bitte erfüllen.‘
Er hieß das Kind zum Taufstein tragen,
hob es selbst aus der Taufe und gab
ihm seinen Namen: Gregorius.

Als das Kind die Taufe empfangen hatte,
sprach der Abt: ‚Nachdem ich nun hier
sein geistlicher Vater geworden bin,
will ich gerne immerdar
um meines Seelenheiles willen
dieses gesegnete Geschöpf
als mein eigenes Kind betrachten.‘
Mit liebevollen Worten
bat er sodann den Fischer,
dem Kind seine ganze Sorgfalt zu widmen.
Er sprach: ‚Erziehe es mir gut.

daz ich dirs iemer lône.'
daz kint hulfen starke
die sîne zwô marke, 1150
daz man sîn deste baz phlac:
ouch lie der herre unmanegen tac
er enwolde selbe spehen
wie daz kint wære besehen.

Dô der vischære und sîn wîp
über des süezen kindes lîp
sô rehte vlîzic wâren
unz ze sehs jâren,
der abbet nam ez dô von in
zuo im in daz klôster hin 1160
und kleidete ez mit solher wât
diu pheflîchen stât
und hiez ez diu buoch lêren.
swaz ze triuwen und ze êren
und ze vrümekeit gezôch,
wie lützel ez dâ von vlôch!
wie gerne ez âne slege mit bete
sînes meisters willen tete!
ez enlie sich niht beträgen
ez enwolde dinge vrâgen 1170
diu guot ze wizzenne sint
als ein sæligez kint.

Diu kint diu vor drin jâren
zuo gesetzet wâren,
mit kunst ez diu sô schiere ervuor
daz der meister selbe swuor,
er gesæhe von aller hande tugent
nie sô sinnerîche jugent.
er was (da enliuge ich iu niht an)
der jâre ein kint, der witze ein man. 1180
an sîme einleften jâre

Ich will es dir immer lohnen.'
Seine zwei Goldmark trugen
besonders dazu bei, daß das Kind
eine gute Pflege erhielt;
auch ließ er kaum einen Tag vergehen,
ohne sich selbst zu überzeugen,
daß der Knabe gut versorgt sei.

Als der Fischer und sein Weib
den herzigen Knaben
bis zu seinem sechsten Jahr
mit Sorgfalt aufgezogen hatten,
übernahm ihn der Abt.
Er holte ihn zu sich ins Kloster,
kleidete ihn ein
in geistliches Gewand
und ließ ihn unterrichten.
Wie begierig nahm der Knabe an,
was ihn zu Pflichtbewußtsein,
zu Ehrenhaftigkeit
und Tüchtigkeit erzog!
Wie gern — ohne Schläge, auf bloßes Geheiß —
tat er den Willen seines Meisters!
In jeder Weise wohlgeartet,
ward er nicht müde, nach allem zu fragen,
was es an Wissenswertem gibt.

Er holte die vor drei Jahren
aufgenommenen Kinder
mit seinem Können so rasch ein,
daß selbst der Meister beteuerte,
einen so verständigen, tüchtigen Jungen
habe er noch nie gesehen.
Wenn auch an Jahren ein Kind,
dem Verstand nach war er wirklich ein Mann.
Als er elf Jahre alt war,

dô enwas zewâre
dehein bezzer grammaticus
danne daz kint Grêgôrjus.
dar nâch in den jâren drin
dô gebezzerte sich sîn sin
alsô daz im dîvînitas
garwe dúrchliuhtet was:
diu kunst ist von der goteheit.
swaz im vür wart geleit   1190
daz lîp und sêle vrumende ist,
des ergreif er ie den houbetlist.
dar nâch las er von lêgibus
und daz kint wart alsus
in dem selben liste
ein edel lêgiste:
diu kunst sprichet von der ê.
er hete noch gelernet mê,
wan daz er wart geirret dran,
als ich iu wol gesagen kan.   1200

Ez leit der vischære
von armuot grôze swære.
sîne huobe lâgen ûf dem sê:
des wart sînem lîbe dicke wê,
wande er sich alsus nerte,
sîniu kint erwerte
dem bitterem hunger alle tage
níuwán mit sînem bejage,
ê er daz kint vunde.
ouch wart dâ zestunde   1210
wol gesenftet sîn leben,
dô im wurden gegeben
von golde zwô marke:
dô bezzerten sich starke
alle sîne sache
an getregede und an gemache.

gab es in der Tat
keinen besseren Lateiner
als den kleinen Gregorius.
In den folgenden drei Jahren
nahm er an Geist so zu,
daß er sogar die Lehren
der Theologie beherrschte,
das ist die Kunde von der Gottheit.
Von allem, was man ihm vortrug
zum Heil für Leib und Seele,
erfaßte er stets den Kern.
Danach studierte er die Leges,
das ist die Lehre von den Gesetzen,
und auch in diesem Fach
brachte es das Kind
zu einem vortrefflichen Gelehrten.
Er hätte wohl noch mehr gelernt,
wäre er nicht gehindert worden,
wie ich euch gleich berichten will.

Da der Fischer so arm war,
hatte er große Not gelitten.
Sein Ackerland war das Meer,
was ihm oft zur Plage wurde,
denn bevor er das Kind gefunden,
hatte nur sein Fischfang
ihn selbst erhalten
und seine Kinder täglich
vor bitterem Hunger bewahrt.
Aber sein Leben wurde leichter
von dem Augenblick an,
da er die zwei Mark
von Gold erhalten hatte:
das besserte seine Lage sehr
in Hinsicht auf seine Habe
und seine Bequemlichkeit.

nû enlie sîn ungewizzen wîp
nie geruowen sînen lîp
von tegelîcher vrâge.
si sazte im manege lâge: 1220
ir liste kêrte sî dar zuo
beidiu spâte unde vruo
wie si daz vernæme
von wanne daz golt kæme.
vil manegen eit sî im swuor
únz daz sî an im ervuor
von wanne im daz golt was komen,
als ir ê wol habet vernomen.
dô daz wîp wol bevant
daz ez nieman was erkant   1230
wer Grêgôrjus wære,
nû enbrâhte si ez niht ze mære.
si truoc ez schône, daz ist wâr,
unz an sîn vünfzehende jâr.

Nû hete diu vrouwe Sælecheit
allen wîs an in geleit
ir vil stætigez marc.
er was schœne unde starc,
er was getriuwe unde guot
und hete geduldigen muot.   1240
er hete künste genuoge:
zuht unde gevuoge.
er hete unredelîchen zorn
mit senftem muote verkorn.
alle tage er vriunt gewan
und verlôs dar under nieman.
sîne vreude und sîn klagen
kunde er ze rehter mâze tragen.
lêre was er undertân
und milte des er mohte hân,   1250
genendic swâ er solde,

Aber sein unvernünftiges Weib
ließ ihn mit ihrer Fragerei
Tag für Tag nicht in Ruhe.
Sie stellte ihm unablässig nach
und wandte von früh bis spät
all ihre Schläue an,
um herauszufinden,
woher dieses Gold nur stammte.
Sie schwur ihm eine Menge Eide,
ehe sie schließlich von ihm erfuhr,
woher er das Gold bekommen hatte,
was ihr bereits gehört habt.
Da das Weib es für richtig hielt,
niemanden erfahren zu lassen,
wer Gregorius sei,
sagte sie es nicht weiter.
Tatsächlich behielt sie es ganz für sich
bis an sein fünfzehntes Lebensjahr.

Nun hatte Frau Glückseligkeit
dem Knaben in jeder Weise
ihre bezeichnenden Gaben verliehen:
Er war schön und stark,
zuverlässig und tüchtig
und von geduldigem Wesen.
Reichlich war ihm Bildung geschenkt,
Höflichkeit und Anstand.
Statt eines unvernünftigen Zorns
besaß er milde Freundlichkeit.
Täglich gewann er sich neue Freunde,
und keiner von ihnen ging ihm verloren.
Seine Freude und seinen Schmerz
wußte er gemessen zu tragen.
Belehrung nahm er willig an.
Gern gab er von allem, was er besaß.
Er war kühn, wo es sich gehörte,

ein zage swâ er wolde,
den kinden ze mâze
ûf der wîsen strâze.
sîn wort gewan nie widerwanc.
er entet niht âne vürgedanc,
als im diu wîsheit gebôt:
des enwart er nie schamerôt
von deheiner sîner getât.
er suochte gnâde unde rât   1260
zallen zîten an got
und behielt starke sîn gebot.
Got erloubte dem Wunsche über in
daz er lîp unde sin
meisterte nâch sîm werde.
swâ von ouch ûf der erde
dehein man ze lobenne geschiht,
désn gebrast im ouch niht.
der Wunsch hete in gemeistert sô
daz er sîn was ze kinde vrô,   1270
wande er nihtes an im vergaz:
er hete in geschaffet, kunde er, baz.
die liute dem knappen jâhen,
alle die in gesâhen,
daz von vischære
nie geboren wære
dehein jungelinc sô sælden rîch:
ez wære harte schedelîch
daz man in niht mähte
geprîsen von geslähte,   1280
und jâhen des ze stæte,
ob erz an gebürte hæte,
sô wære wol ein rîche lant
ze sîner vrümecheit bewant.

Nû geviel ez eines tages sus
daz der knappe Grêgôrjus

76

doch wo es ihm darauf ankam, bedächtig.
Er war bescheiden wie ein Kind
und ging doch auf der Straße der Weisen;
ein gegebenes Wort nahm er nie zurück
und tat, wie sein Verstand gebot,
nichts ohne Vorbedacht;
daher brauchte er nie zu erröten
aus Scham über irgendeine Tat.
Belehrung und Hilfe suchte er
zu aller Zeit bei Gott
und hielt an seinen Geboten fest.
Gott hatte der Segenskraft erlaubt,
den Knaben an Körper und Geist
nach ihrer Vollkommenheit zu bilden:
Es fehlte ihm nichts von allem,
was es nur immer auf dieser Erde
an einem Menschen zu loben gibt.
Sie hatte ihn kunstreich erschaffen.
Schon am Kinde freute sie sich:
Nichts an ihm war vergessen,
nichts hätte sie besser machen können.
Und alle, die ihn sahen,
mußten eingestehen,
unter Fischern sei noch nie
ein Jüngling geboren worden
so reich an glückhaften Gaben:
Es sei doch wirklich schade,
daß man an ihm nicht auch
seine Abkunft rühmen könne;
und das sagten sie immer wieder:
Wenn er von edlem Geschlechte wäre,
so hätte er seiner Tüchtigkeit nach
wohl ein herrliches Land verdient.

Nun begab es sich eines Tages,
daß der junge Gregorius

mit sînen spilgenôzen kam
dâ si spilnes gezam.
nû gevuocte ein wunderlich geschiht
(ez enkam von sînem willen niht): 1290
er getet, daz er dâ vor nie mê,
des vischæres kinde alsô wê
daz ez weinen began.
sus lief ez schrîende dan.
als diu muoter daz vernam
daz ez sus weinende kam,
ir kinde sî engegen lief.
in grôzen unsiten si rief:
,sich, wie weinest dû sus?'
,dâ sluoc mich Grêgôrjus.' 1300
,war umbe hât er dich geslagen?'
,muoter, ich kan dirs niht gesagen.'
,sich her, tæte dû im iht?'
,muoter, weizgot nein ich niht.'
,war ist er nû?' ,bî jenem sê.'
si sprach: ,wê mir armer, wê!
er tumber gouch vil betrogen!
hân ich daz an im erzogen
daz er mir bliuwet mîniu kint,
sô wol si hie gevriunt sint? 1310
dînen vriunden zimet daz niht wol
daz ich diz laster dulden sol
von einem sô gewanten man
der nie mâge hie gewan.
daz dich getar gebliuwen der
der sich hât verrunnen her,
daz ist mir iemer ein leit.
wan daz man imz durch got vertreit,
man dulte ez únlànge vrist.
jâ enweiz nieman wer er ist. 1320
wê mir, wes ist im gedâht? 1333
der tiuvel hât in her brâht

mit seinen Spielgefährten
zu ihrem Spielplatz ging.
Da geschah ohne seine Absicht
etwas Sonderbares:
Er tat, wie vorher noch nie,
dem Kinde des Fischers so weh,
daß es zu weinen begann
und schreiend davonlief.
Als die Mutter ihr Kind
weinend kommen hörte,
eilte sie ihm entgegen
und rief ganz außer sich:
‚He, warum weinst du denn so?‘
‚Gregorius hat mich geschlagen!‘
‚Warum hat er dich denn geschlagen?‘
‚Das weiß ich auch nicht, Mutter!‘
‚Rede! Hast du ihm etwas getan?‘
‚Nein, Mutter, wirklich nicht!‘
‚Wo ist er?‘ ‚Dort am See.‘
Sie rief: ‚O weh, ich arme Frau!
Dieser eingebildete Dummkopf!
Habe ich ihn jetzt dafür erzogen,
daß er mir meine Kinder verprügelt,
vor den Augen ihrer Familie?
Den Unsrigen wird es übel gefallen,
wenn ich diese Schande
von einer solchen Person erdulde,
die hier überhaupt keine Sippe hat!
Daß einer gewagt hat, dich zu schlagen,
der sich hierher verlaufen hat,
das geht mir noch lange nach!
Übersähe man es nicht Gott zuliebe,
so möchte man es nicht länger dulden!
Schließlich weiß niemand, wer er ist!
Weh mir, was dem noch alles einfällt!
Der Teufel hat ihn hergebracht

mir zeiner harnschar.
jâ erkenne ich sîn geverte gar,
er vundene dürftige.
wan wolde er daz man verswige
sîn schentlîche sache?
sô lebete er mit gemache.
die vische sîn verwâzen,
daz si in niene vrâzen,
dô er ûf den sê geworfen wart.
er ergreif ein sælige vart,
daz er dem apte zuo kam.
wan daz er in dînem vater nam
und sîn almuosenære ist,
sô müese er uns, wizze Krist,
anders undertænic sîn:
er müese uns rinder unde swîn
trîben ûz unde in.
war tet dîn vater sînen sin,
dô er in mit vrostiger hant
ûf dem gemeinen sê vant,
daz er in dem apte liez
und in im selben niene hiez
dienen sam durch allez reht
tæte sîn schalc und sîn kneht?'

Grêgôrjus, dô er daz kint gesluoc,
dar umbe was er riuwic gnuoc
und lief im hin ze hûse nâch.
dar umbe was im alsô gâch
daz er des sêre vorhte
daz im daz kint entworhte
sîner ammen minne.
nû erhôrte er sî dar inne
schelten âne mâze.
nû gestuont er an der strâze
unz er den itewîz vernam

1340

1350

1360

als meinen Plagegeist!
Jetzt weiß ich endlich, worauf er hinauswill,
dieser armselige Findling!
Wenn er sich wenigstens Mühe gäbe,
daß man seine Schande verschweigt!
Dann ginge es ihm besser.
Die Fische seien verflucht,
daß sie ihn nicht gefressen haben,
als er aufs Meer geworfen wurde!
Er hat ein großes Glück gehabt,
daß er zum Abte kam!
Hätte ihn der nicht als Almosengeber
deinem Vater abgenommen,
dann müßte er uns weiß Gott
ganz anders untertänig sein:
Die Rinder und die Schweine,
die müßte er uns treiben!
Wo ließ dein Vater seinen Verstand,
als er ihn in der Kälte
auf offener See gefunden hatte,
daß er ihn da dem Abte ließ,
statt ihn sich selber dienen zu lassen,
so wie es nach vollem Recht
für seine Diener und Knechte gilt?'

Nachdem Gregorius das Kind
geschlagen hatte, tat es ihm leid
und er lief ihm zum Hause nach.
Er beeilte sich sehr,
weil er fürchtete,
das Kind könne ihm die Liebe
seiner Pflegemutter verderben.
Nun aber hörte er sie drinnen
maßlos schelten und blieb
an der Straße stehen.
Da vernahm er ihren Vorwurf

und unwizzender dinge kam
gar an ein ende,
daz er ellende
wære in dem lande,
wan si in ofte nande.
sîn vreude wart verborgen
in disen niuwen sorgen.
er gedâhte im grôzer swære,
ob disiu rede wære
ein lüge oder ein wârheit,
die sîn amme hete geseit,
unde gâhte dô zehant
ze klôster, dâ er den abbet vant.
und nam den getriuwen man
von den liuten sunder dan.
er sprach: ,vil lieber herre,
ich kan iu niht sô verre
genâden mit dem munde,
als, ob ich kunde,
vil gerne tæte.
nû belîbe ich dar an stæte
daz ich únz an mînes endes zil
den dar umbe biten wil
der deheiner guottât
niemer ungelônet lât
daz er iu des lône
mit der himelischen krône
(dêswâr des hân ich michel reht)
daz ir mich ellenden kneht
von einem vunden kinde
vür allez iuwer gesinde
sô zartlîchen habet erzogen.
leider ich bin des betrogen,
ich enbin niht der ich wânde sîn.
nû sult ir, lieber herre mîn,
mir durch got gebieten.

und erfuhr bis ins letzte,
was ihm bis dahin verborgen war:
daß er ein Fremdling im Lande sei,
wie sie es mehrfach ausrief.
Seine ganze Heiterkeit
wurde zugedeckt
von dieser schlimmen Überraschung.
Er quälte sich mit dem Gedanken,
ob all diese Dinge,
die seine Pflegemutter gesagt,
Lüge oder Wahrheit seien,
und rannte stracks zum Kloster.
Hier fand er den Abt
und nahm den getreuen Mann
aus der Schar der Mönche beiseite.
Er sprach: ‚Geliebter Herr,
ich kann Euch bei weitem nicht
so sehr mit Worten danken,
wie ich gerne möchte
— ich wollte, ich könnte es.
Aber ich will beständig
bis an mein Lebensende
den, der keine Wohltat
jemals unbelohnt läßt,
darum bitten (und wahrhaftig,
das bin ich Euch schuldig),
Euch mit der Krone des Himmels
für dieses zu belohnen:
daß Ihr mich fremden Jungen,
ein aufgefundenes Kind,
vor allen Hausgenossen bevorzugt
und liebevoll erzogen habt.
Jetzt sehe ich mich leider betrogen:
Ich bin nicht der, der ich glaubte zu sein.
Darum, mein lieber Vater, laßt mich
in Gottes Namen Abschied nehmen.

ich sol und muoz mich nieten
nôt und angest (daz ist reht)
als ein ellender kneht.
mir hât mîn amme des verjehen
(in einem zorn ist daz geschehen)   1410
daz ich vunden bin.
beidiu lîp unde sin
benimet mir diu unêre,
vernim ichs iemer mêre.
ich enhœre si weizgot niemer mê,
wande ich niht langer hie bestê.
jâ vinde ich eteswâ daz lant
daz dâ nieman ist erkant
wie ich her komen bin.
ich hân die kunst und ouch den sin,   1420
ich genise wol, und wil ez got.
sô sêre vürhte ich den spot:
ich wolde ê sîn dâ nieman ist,
ê daz ich über dise vrist
belibe hie ze lande.
jâ vertrîbet mich diu schande.
diu wîp sint sô unverdaget:
sît si ez ieman hât gesaget,
sô wizzen ez vil schiere
drîe unde viere   1430
und dar nâch alle die hie sint.'

Der abbet sprach: ,vil liebez kint,
nû lose: ich wil dir râten wol
als ich mînem lieben sol
den ich von kinde gezogen hân.
got hât vil wol zuo dir getân:
er hât von sînen minnen
an lîbe und an sinnen
dir vil vrîe wal gegeben,
daz dû nû selbe dîn leben   1440

Ich muß und will in der Fremde,
so wie es sich gehört,
als Knappe dienen und Mühsal ertragen.
Ich vernahm von meiner Pflegemutter
(im Zorne rief sie es aus),
ich sei ein Findelkind.
Wenn ich das immer zu hören bekäme,
würde mir diese Schande
mein ganzes Dasein vernichten.
Aber ich höre sie weiß Gott nie wieder,
denn ich bleibe nicht länger hier.
Ich finde schon noch irgendwo
ein Land, in dem niemand weiß,
welcher Herkunft ich bin.
Ich habe das Wissen und den Verstand,
so Gott will, mich durchzubringen.
Nur fürchte ich den Spott so sehr,
daß ich weitaus lieber
in die Einsamkeit ginge,
als hier noch länger im Lande zu bleiben.
Nein, diese Schande treibt mich fort!
Die Frauen sind so geschwätzig.
Hat die eine es erst einmal
einer anderen weitererzählt,
so wissen es auch schon drei und vier
und bald die ganze Umgebung.'

Da sprach der Abt: ,Mein liebes Kind,
nun höre: Ich will dir raten,
wie ich es meinem Liebling schulde,
den ich von Kindheit an erzog.
Gott hat dir viel Gutes getan:
Er hat dir in seiner Liebe
für dein Dasein an Leib und Seele
reichlich freie Wahl gegeben.
Darum kannst du dir nun selbst

maht koufen unde kêren
ze schanden oder ze êren.
nû muost dû disen selben strît
in disen jâren, ze dirre zît
under disen beiden
nâch dîner kür scheiden,
swaz dû dir wil erwerben,
genesen oder sterben,
daz dû des nû beginnen solt.
sun, nû wis dir selben holt   1450
und volge mîner lêre
(sô hâst dû tugent und êre
vür laster und vür spot erkorn),
daz dir durch dînen tumben zorn
der werke iht werde sô gâch
daz dich geriuwe dar nâch.
dû bist ein sælic jungelinc:
ze wunsche stânt dir dîniu dinc,
dîn begin ist harte guot,
die liute tragent dir holden muot   1460
die in disen landen sint.
nû volge mir, mîn liebez kint.
dû bist der phafheit gewon:
nû enziuch dich niht dâ von.
dû wirst der buoche wîse:
sô bin ich jâre grîse,
mîn lip ist schiere gelegen.
nû wil ich dir vür wâr verpflegen
daz ich dir nû erwirbe,
swenne ich dar nâch erstirbe,   1470
umbe unser samenunge,
alte unde junge,
daz si dich nement ze herren.
nû waz mac dir gewerren
einer tœrinne klaffen?
ouch trûwe ich wol geschaffen

dein Leben verdienen und es zu Ehren
oder zu Schanden bringen.
Und darum mußt du selber
in deinem jetzigen Lebensalter
den Kampf zwischen diesen zwei Dingen
nach deiner Wahl entscheiden —
nämlich zu deinem Heil
oder zu deinem Verderben:
Wähle nun, welchen Weg du gehst.
Bleibe dir selber treu, mein Sohn,
und folge dieser meiner Lehre
(dann hast du dir Ansehn und Tüchtigkeit
statt Schmach und Schande erwählt):
Handle nicht überstürzt
in deinem jugendlichen Zorn,
damit es dich nicht später gereut.
Du bist ein begnadeter Jüngling
mit vollkommenen Gaben
und hast so gut und richtig begonnen;
die Leute hier im Lande
sind dir freundlich zugetan.
Darum höre auf mich, liebes Kind.
Du bist an das geistliche Leben gewöhnt,
entziehe dich ihm jetzt nicht.
Du wirst ein Buchgelehrter werden —
ich stehe im Greisenalter
und werde mich bald zur Ruhe legen.
Und da will ich dir versprechen,
im Kreise unseres Konvents
bei den Jungen und Alten
schon jetzt für dich zu bewirken,
daß sie nach meinem Tode dich
zu ihrem Abt erwählen.
Und was sollte dich schon
das Geschwätz einer Törin beirren?
Zumal ich dafür zu sorgen gedenke,

daz diu rede vür dise stunt
niemer kumet vür ir munt.'

Grêgôrjus sprach: ,herre,
ir habet got vil verre
an mir armen geêret
und iuwer heil gemêret
und nû daz beste vür geleit.
nû ist mir mîn tumpheit
alsô sêre erbolgen,
si enlât mich iu niht volgen.
mich trîbent drîe sache
ze mînem ungemache
ûz disem lande.
diu eine ist diu schande
die ich von itewîze hân.
sô ist diu ander sô getân
diu mich ouch verjaget hin:
ich weiz nû daz ich niene bin
disse vischæres kint.
nû waz ob mîne vriunt sint
von solhem geslähte
daz ich wol werden mähte
ritter, ob ich hæte
den willen und daz geræte?
weizgot nû was ie mîn muot,
hæte ich geburt und daz guot,
ich würde gerne ritter.
daz süeze honec ist bitter
einem ieglîchen man
der ez niezen niene kan.
ir habet daz süezeste leben
daz got der werlde hât gegeben:
swer imz ze rehte hât erkorn,
der ist sælic geborn.
ich belibe hie lîhte stæte,

1480

1490

1500

1510

daß solche Rede ihr künftig
nicht mehr über die Lippen kommt.'

Gregorius erwiderte: ,Herr,
Ihr habt nun an mir Armem
genugsam Gott gepriesen,
habt Euer Seelenheil vermehrt
und mir das Beste vorgeschlagen.
Aber mein jugendlicher Sinn
ist nun einmal so aufgebracht,
daß ich Euch nicht folgen kann.
Drei Dinge sind es,
die mich zu meiner Betrübnis
aus diesem Lande treiben.
Das eine ist die Schande,
die mir dieser Vorwurf brachte;
ein zweiter Grund, der mich ebenso
entfliehen läßt, ist dieser:
Ich weiß nun, daß ich nicht
das Kind dieses Fischers bin.
Was aber nun, wenn meine Sippe
von solcher Herkunft ist,
daß ich ein Ritter werden könnte,
sofern ich nur den Willen
und die Ausrüstung dazu hätte?
Wahrlich, es war schon immer
meine Leidenschaft, Ritter zu werden,
hätte ich nur den Besitz
und die entsprechende Abkunft.
Süßer Honig ist bitter für jeden,
der ihn nicht zu genießen weiß.
Ihr lebt das wohlgefälligste Leben,
das Gott der Welt vermachte;
glückselig jeder, der es
als sein eigentliches erkannt hat!
Ich bliebe vielleicht für immer hier,

ob ich den willen hæte
des ich leider niht enhân.
ze ritterschefte stât mîn wân.'

,Sun, dîn rede enist niht guot:
durch got bekêre dînen muot.
swer sich von phaffen bilde
gote gemachet wilde
unde ritterschaft begât,
der muoz mit maniger missetât   1520
verwürken sêle unde lîp.
swelch man oder wîp
sich von gote gewendet,
der wirt dâ von geschendet
und der helle verselt.
sun, ich hete dich erwelt
ze einem gotes kinde:
ob ich ez an dir vinde,
des wil ich iemer wesen vrô.'
Grêgôrjus antwurte im dô: 1530
,ritterschaft daz ist ein leben,
der im die mâze kan gegeben,
sô enmac nieman baz genesen.
er mac gotes ritter gerner wesen
danne ein betrogen klôsterman.'
,sun, nû vürhte ich dîn dar in:
dû enkanst ze ritterschaft niht.
sô man dich danne gesiht
unbehendeclîchen rîten,
sô muost dû ze allen zîten   1540
dulden ander ritter spot.
noch erwint, vil lieber sun, durch got.'
,herre, ich bin ein junger man
und lerne des ich niht enkan.
swar ich die sinne wenden wil,
des gelerne ich schiere vil.'

wenn ich das Verlangen hätte;
aber ich habe es leider nicht:
Mich zieht es zur Ritterschaft.'

‚Mein Sohn, das ist ein schlimmes Wort.
In Gottes Namen bekehre dich!
Wer sich aus geistlichem Orden
Gott entfremdet hat
und sich zur Ritterschaft begibt,
der kann durch viele Vergehen
Leib und Seele zugrunde richten.
Jeder, ob Mann oder Frau,
der sich von Gott abwendet,
wird dadurch in Schande gebracht
und der Hölle ausgeliefert.
Dich, mein Sohn, hatte ich erwählt
zu einem Diener Gottes.
Fände ich einen solchen in dir,
so wäre ich glücklich für immer.'
Gregorius erwiderte ihm:
‚Niemand kann besser sein Heil erlangen
als einer, der das Ritterdasein
in rechter Weise zu führen versteht.
Da kann er eher für Gott streiten
denn als unberufener Mönch.'
‚Mein Sohn, da bin ich in Sorge um dich:
Du verstehst dich nicht auf Ritterschaft.
Sobald man dich nachher
so unbeholfen reiten sieht,
wirst du immerfort den Spott
der andern Ritter leiden müssen;
mein lieber Sohn, laß davon ab!'
‚Herr Abt, ich bin noch jung
und kann erlernen, was mir noch fehlt.
Wonach ich einmal trachte,
das habe ich sehr bald gelernt.'

,sun, mir saget vil maneges munt
dem ze ritterschaft ist kunt:
swer ze schuole belîbe
unz er dâ vertrîbe   1550
ungeriten zwelf jâr,
der müeze iemer vür wâr
gebâren nâch den phaffen.
dû bist vil wol geschaffen
ze einem gotes kinde
und ze kôrgesinde:
diu kutte gestuont nie manne baz.'

,Herre, nû versuochet daz
und gebet mir ritterlîche wât:
dêswâr ob si mir missestât   1560
sô gan ich ir wol einem andern man
und lege die kutten wider an.
herre, iu ist vil wâr geseit:
ez bedarf vil wol gewonheit,
swer guot ritter wesen sol.
ouch hân ich ez gelernet wol
von kinde in mînem muote hie:
ez enkam ûz mînem sinne nie.
ich sage iu, sît der stunde
daz ich bedenken kunde   1570
beidiu übel unde guot,
sô stuont ze ritterschaft mîn muot.
ich enwart nie mit gedanke
ein Beier noch ein Vranke:
swelch ritter ze Henegouwe,
ze Brâbant und ze Haspengouwe
ze orse ie aller beste gesaz,
sô kan ichz mit gedanken baz.
herre, swaz ich der buoche kan,
dâ engerou mich nie niht an   1580
und kunde ir gerne mêre:

92

‚Mein Sohn, schon viele sagten mir,
die im Ritterwesen bewandert sind:
Wer so lange zur Schule ging,
daß er zwölf Jahre dort verbracht hat
ohne je geritten zu sein,
wird sich bestimmt immerzu
wie ein Klostermann benehmen.
Gerade du bist wie geschaffen
zu einem Gotteskinde
und für den Chor der Mönche.
Die Kutte steht keinem besser als dir!'

‚Herr Abt, nun versucht es doch
und gebt mir ein Ritterkleid!
Ich will es, wenn es mir nicht steht,
wahrlich gern einem andern gönnen
und wieder die Kutte tragen.
Ja Herr, man hat Euch die Wahrheit gesagt:
Es bedarf gewiß der Übung,
will man ein guter Ritter sein.
Aber ich habe es ganz gelernt —
von Kind auf hier in meinem Herzen:
Es kam mir nie aus dem Sinn.
Ich sage Euch: Seit dem Augenblick,
da ich unterscheiden konnte,
was gut und böse ist,
stand mein Verlangen nach Ritterschaft.
In Gedanken war ich nie
bloß ein Bayer oder Franke:
Im Geiste sitze ich noch weit besser
zu Pferde, als der beste Ritter
vom Hennegau oder aus Brabant
oder vom Haspengau!
Herr Abt, was ich an Wissen erwarb,
das werde ich niemals bereuen,
und ich wüßte am liebsten noch mehr.

iedoch sô man mich sêre
ie unz her ze den buochen twanc,
sô turnierte ie mîn gedanc.
sô man mich ze buochen wente,
wie sich mîn herze sente
und mîn gedanc spilte
gegen einem schilte!
ouch was mir ie vil ger
vür den griffel zuo dem sper,   1590
vür die veder ze dem swerte:
des selben ich ie gerte.
mînen gedanken wart nie baz
dan sô ich ze orse gesaz
und den schilt ze halse genam
und daz sper als ez gezam
und daz undern arm gesluoc
und mich daz ors von sprunge truoc.
sô liez ich schenkel vliegen:
die kunde ich sô gebiegen   1600
daz ich daz ors mit sporen sluoc,
ze den lanken noch in den buoc,
dâ hinder eines vingers breit
dâ der surzengel ist geleit.
neben der mane vlugen diu bein:
ob des satels ich schein
als ich wære gemâlet dar,
ders möhte hân genomen war.
mit guoter gehabe ich reit
âne des lîbes arebeit: 1610
ich gap im senften gelimpf
als ez wære mîn schimpf,
und sô ich mich mit dem sper vleiz
ûf einen langen puneiz,
sô kunde ich wol gewenden
daz ors ze beiden henden.
gejustierte ich wider deheinen man,

94

Aber so sehr man mich auch
bisher zum Lesen der Bücher anhielt,
im Geist ritt ich stets Turnier;
und führte man mich in die Bücher ein,
wie sehnte sich da mein Herz,
wie spielten meine Gedanken
um einen Schild! Auch brannte ich
immer in großem Verlangen,
statt meines Griffels die Lanze,
statt meiner Feder das Schwert zu führen:
Nur danach begehrte ich!
Ich fühlte mich niemals glücklicher,
als wenn ich in Gedanken
zu Pferde saß, den Schild ergriff
und kunstgerecht die Lanze
unterm Arm zum Angriff senkte,
und das Roß im Galopp mich davontrug.
Dann ließ ich die Schenkel fliegen:
Ich bog sie so, daß ich dem Roß
die Sporen schlagen konnte,
nicht in die Weichen noch in die Achsel,
sondern einen Finger breit
hinter dem Sattelgurt.
Da flogen die Beine neben der Mähne,
und hätte es einer sehen können,
ich wäre ihm im Reitersitz
erschienen wie gemalt.
Ich ritt in guter Körperhaltung,
ohne mich anzustrengen,
und zügelte so sacht,
als wäre es mir ein Kinderspiel.
Und wenn ich mit eingelegter Lanze
zum Zweikampf herangaloppierte,
so verstand ich es gut, mein Roß
nach beiden Seiten zu wenden.
Ritt ich nun auf den Gegner an,

dâ gevâlte ich nie an,
mîn merken enwürde wol bewant
ze den vier nageln gegen der hant.
nû helfet, lieber herre, mir
daz ich die ritterlîche gir
mit werken müeze begân:
sô habet ir wol ze mir getân.'

,Sun, dû hâst mir vil geseit,
manec diutsch wort vür geleit,
daz mich sêre umbe dich
wundern muoz, crêde mich,
und weiz niht war zuo daz sol:
ich vernæme kriechisch als wol.
unser meister, der dîn phlac
mit lêre unz an disen tac,
von dem hâst dû es niht vernomen.
von swannen sî dir zuo sî komen,
dû bist, daz merke ich wol dar an,
des muotes niht ein klôsterman.
nû wil ich dichs niht wenden mê.
got gebe daz ez dir wol ergê
und gebe dir durch sîne kraft
heil zuo dîner ritterschaft.'

Nû schuof er daz man im sneit
von dem selben phelle kleit
den er dâ bî im vant:
ez enkam nie bezzere in daz lant.
er sach wol daz im was gâch
unde machete in dar nâch
ritter als im wol tohte
sô er schierest mohte.
Grêgôrjus, dô er ritter wart,
dannoch hete er im niht enbart
umbe sîn tavel und umbe sîn golt.
er was im alsô starke holt

so verfehlte ich nie,
genau auf die vier Nägel am Schild
vor seiner Hand zu zielen.
Nun helft mir, lieber Herr Abt,
meine Sehnsucht nach dem Rittertum
in Taten umzusetzen;
dann habt Ihr Gutes an mir getan.'

,Mein Sohn, da hast du mir viel gesagt,
allerlei auf deutsch vorgetragen,
so daß ich mich wahrhaftig sehr
über dich wundern muß.
Ich weiß nicht, was das alles soll;
genauso gut verstünde ich Griechisch!
Von unserm Meister in der Schule,
der dich bis jetzt unterrichtet hat,
hast du es sicher nicht gelernt.
Woher du es auch haben magst,
du bist — das merke ich wohl daran —
in deinem Innern kein rechter Mönch.
Drum will ich es dir nicht länger verwehren.
Gott gebe, daß es dir wohl ergehe,
und schenke dir aus seiner Macht
viel Glück zu deinem Ritterleben.'

Nun ließ er ihm aus der Seide,
die er bei ihm einst gefunden hatte,
Kleidung schneidern; besseren Stoff
hatte noch niemand ins Land gebracht.
Er sah, daß Gregorius Eile hatte,
und stattete ihn daher,
so schnell er konnte, zum Ritter aus
mit allem, was dazu gehörte.
Obgleich nun Gregorius Ritter war,
eröffnete ihm der Abt noch nichts
über seine Tafel und sein Gold:
Er liebte ihn so sehr,

daz erz in hal durch einen list.
er gedâhte: ,sît er nû ritter ist
und er des guotes niene hât,
sô hœret er lîhte mînen rât
und belîbet noch durch guot gemach.'
er versuochtez aber unde sprach:
,noch belîp, lieber sun, bî mir.
dêswâr ich gevüege dir   1660
ein alsô rîche hîrât
diu wol nâch dînem willen stât
unde gibe dir al die vrist
daz dû vil schône varende bist.
dû hâst gewunnen ritters namen:
nû muost dû dich dîner armuot schamen.
nû waz touc dîn ritterschaft,
dû enhetes guotes die kraft?
nû enkumest dû in dehein lant
dâ dû iemen sîst erkant: 1670
dâ enhâst dû vriunt noch vorder habe.
sich, dâ verdirbest dû abe.
noch bekêre dînen muot
und belîp: daz ist dir guot.'

Grêgôrjus sprach: ,herre,.
versuochet ez niht sô verre.
wolde ich gemach vür êre,
sô volgete ich iuwer lêre
und lieze nider mînen muot:
wan mîn gemach wære hie guot.   1680
jâ tuot ez manegem schaden
der der habe ist überladen:
der verlît sich durch gemach,
daz dem armen nie geschach
der dâ rehte ist gemuot:
wande der urbort umbe guot
den lîp manegen enden.

daß er es ihm mit Bedacht verschwieg.
Er überlegte: ‚Nun, da er Ritter ist,
aber besitzlos, hört er vielleicht
doch noch auf meinen Rat und bleibt hier
um eines behaglichen Daseins willen.‘
Also versuchte er es und sprach:
‚Lieber Sohn, bleibe doch bei mir!
Ich werde dir bestimmt
eine so reiche Heirat verschaffen,
daß sie deiner Neigung entsprechen wird,
und gebe dir alle Möglichkeiten
zu einem schönen, freizügigen Leben.
Wohl bist du nun ein Ritter geworden,
doch deiner Armut mußt du dich schämen.
Und was nützt dir dein Rittertum,
wenn du nicht reichlich Vermögen hast?
In keinem Lande, wohin du auch kommst,
wird ein Mensch dich kennen:
Du hast weder Verwandte noch Besitz.
Siehst du, das wird dich zugrunde richten.
Entschließe dich anders und bleibe hier —
es ist das beste für dich!‘

Gregorius erwiderte: ‚Herr,
bemüht Euch nicht weiter! Suchte ich
ein bequemes Leben anstatt Ehre,
so würde ich Eurem Rate folgen
und meinen Plan aufgeben,
denn hier hätte ich meine Ruhe.
Aber so manchem schadet es,
von Gütern überladen zu sein:
Er verlottert im Wohlbehagen,
was einem Armen nie geschieht,
wenn er nur recht gesonnen ist;
denn dieser stellt, um Besitz zu erwerben,
allerhand Forderungen an sich.

wie möhte erz baz gewenden?
wan ob er sich gewirden kan,
er wirt vil lîhte ein sælic man
und über elliu diu lant
vür manegen herren erkant.
daz ich heize ein arm man,
dâ bin ich unschuldic an.
ich trage sie alle samet hie,
die huobe die mir mîn vater lie.
sît ez mir nû sô geziuhet
daz mich diu Sælde vliuhet
und ich niuwan ir gruoz
mit vrümecheit gedienen muoz,
dêswâr ich kan si wol erjagen,
si enwelle sich mir mê versagen
dan sî sich noch versagete
der sî ze rehte jagete.
sus sol man sî erloufen,
mit kumber sælde koufen.
dâ enzwîvel ich niht an,
wirde ich ein rehte vrum man
an lîbe und an sinne,
ichn gediene wol ir minne:
unde bin ich aber ein zage,
sô enmüeze ich niemer drîe tage
geleben, sô ich hinnen kêre.
waz solde ich âne êre?
ob ich mit rehter arbeit,
mit sinne und mit manheit
erwirbe guot und êre,
des prîset man mich mêre
dan dem sîn vater wunder lie
und daz mit schanden zegie.
wes bedarf ich mê danne ich hân?
mîn ors sint guot und wol getân,
mîne knehte biderbe unde guot

1690

1700

1710

1720

100

Was könnte er auch Besseres tun?
Weiß er sich verdient zu machen,
so hat er wahrscheinlich Erfolg
und wird überall höher geschätzt
als manche hohe Herren.
Daß ich jetzt zu den Armen gehöre,
ist nicht meine Schuld.
Die Lehen trage ich alle bei mir,
die mir mein Vater vererbt hat.
Zwar widerfährt es mir nun,
daß das Glück sich von mir wendet,
daß mir nichts bleibt, als durch Tüchtigkeit
mir seine Gunst zu verdienen.
Aber wahrhaftig, ich kann es erringen!
Es wird sich mir nicht versagen,
denn es hat sich noch keinem versagt,
der es ehrlich erstrebte.
So muß man es sich erjagen
und mit Mühsal erkaufen.
Bin ich erst durch und durch
ein ehrenhafter Mann geworden,
so zweifle ich nicht daran,
daß ich mir seine Freundschaft verdiene.
Wäre ich aber ein Feigling
und gäbe meine Bemühungen auf,
so möchte ich keine drei Tage mehr leben.
Was sollte ich ohne Ehre?
Wenn ich mir mit redlicher Mühe,
mit Verstand und Mannhaftigkeit
Gut und Ehre erwerbe,
so werde ich deswegen mehr gerühmt
als einer, der ein herrliches Erbe
seines Vaters mit Schanden vertut.
Wozu bräuchte ich mehr, als ich habe?
Meine Pferde sind gut instand,
meine Knappen sind tüchtig und stark

unde hânt getriuwen muot:
ich bin ze harnasche wol.
swâ man guot bejagen sol,
dâ getrûwe ich harte wol genesen.
diz sol der rede ein ende wesen:
herre, iuwern gnâden sî genigen
und des mit hulden verzigen   1730
daz ich iht langer hie bestê.'

,Sun, sô enwil ich dich niht mê
sûmen vür dise vrist
(ich sihe wol daz dir ernest ist),
swie ungerne ich dîn enbir.
lieber sun, nû ganc mit mir:
wan ich wil dich sehen lân
waz ich noch dînes dinges hân.'
sus vuorte in der getriuwe man
vil sêre weinende dan   1740
ûf eine kemenâten
die er vil wol berâten
mit sîdîner wæte vant
unde gap im in die hant
sîne tavel, daz er las
wie allem sînem dinge was.
des wart er trûric unde vrô.
sîn trûren schuof sich alsô
als ich iu hie künde:
er weinde von der sünde,   1750
dâ er inne was geborn.
dâ wider hâte er im erkorn
guote vreude dar abe,
von hôher geburt, von rîcher habe,
der er ê niht enweste.

Dô sprach der triuwen veste
der sîn herre was gewesen:

und stehen mir treu zur Seite;
ich selber bin aufs beste gerüstet.
Wo immer es gilt, Besitz zu erjagen,
da glaube ich fest an meinen Erfolg.
Dies, Herr, sei das Ende meiner Rede:
Ich beuge mich dankbar vor Eurer Güte,
aber erlaubt mir, daß ich verzichte,
noch länger hierzubleiben.'

,Ich sehe, mein Sohn, du meinst es ernst.
Daher möchte ich dich
nicht mehr länger halten,
wie ungern ich dich auch lasse.
So komm nun mit, mein lieber Sohn:
Ich will dir zeigen, was ich noch
von deinem Eigentum habe.'
Damit führte ihn, heftig weinend,
der getreue Mann
in ein Wohngemach,
welches mit Seidenstoffen
sehr gut eingerichtet war,
und überreichte ihm seine Tafel,
damit er lesen konnte,
wie es sich um ihn verhielt.
Darüber wurde Gregorius
traurig und froh zugleich.
Den Grund seiner Trauer verrate ich euch:
Er weinte wegen der Sünde,
unter der er geboren war.
Freude dagegen erfüllte ihn
über seine hohe Abkunft
und seinen reichen Besitz,
von denen er nichts gewußt.

Da sprach der Vielgetreue,
der sein Herr gewesen war:

,sun, nû hâst dû wol gelesen
daz ich dich unz her hân verdaget:
dîn tavel hât dirz wol gesaget.

nû hân ich mit dînem golde
gebâret als ich solde
nâch dîner muoter gebote:
ich hân dirz in gote
gemêret harte starke.
vünfzic und hundert marke,
die hân wir dir gewunnen,
swie übele wir ez kunnen,
von sibenzehen sît den stunden
daz wir dich êrste vunden.
ich gap in drî und niht mê
die dich mir brâhten abe dem sê.
alsus vil ist dîner habe:
dâ begâst dû dich schône abe
zuo anderm gewinne,
hâst dû deheine sinne.'
des antwurte im Grêgôrjus
vil sêre weinende sus:
,ouwê, lieber herre,
ich bin vervallen verre
âne alle mîne schulde.
wie sol ich gotes hulde
gewinnen nâch der missetât
diu hie vor mir geschriben stât?'
,vil lieber sun, daz sage ich dir.
dêswâr, dáz geloube mir,
gestâst dû bî der ritterschaft,
sich, sô mêret sich diu kraft
dîner tegelîchen missetât
und enwirt dîn niemer rât
dâ von sô lâ diu irreheit
die dû an dich hâst geleit
unde diene gote hie.

‚Mein Sohn, nun hast du selbst gelesen,
was ich dir bis heute verschwieg;
deine Tafel hat dir wohl alles gesagt.
Mit dem Golde verfuhr ich so,
wie es von mir das Gebot
deiner Mutter verlangte;
ich habe es dir mit Gottes Hilfe
aufs reichlichste vermehrt:
Obgleich wir uns schlecht darauf verstehen,
haben wir dir aus siebzehn Mark
einhundertfünfzig Mark erzielt
seit dem Augenblick,
da wir dich damals fanden.
Drei Mark hatte ich denen gegeben,
die dich mir vom Meere brachten.
So viel also ist nun dein:
Von diesem und weiterem Gewinn
wirst du ganz schön leben können,
wenn du vernünftig handelst.‘
Darauf erwiderte ihm
bitterlich weinend Gregorius:
‚O weh mir, lieber Herr!
Ich bin so tief gefallen
ohne jede eigene Schuld —
wie soll ich nach dieser Sünde,
die hier vor mir geschrieben steht,
noch Gottes Gnade gewinnen?‘
‚Mein lieber Sohn, ich will es dir sagen.
Glaube mir, verlaß dich darauf:
Bleibst du bei deiner Ritterschaft,
siehe, so wird sich täglich die Last
deiner Missetaten vermehren
und es wird dir nie geholfen.
Darum meide den Irrweg,
den du einschlagen wolltest,
und diene hier Gott!

jân übersách er dienest nie.
sun, nû stant im hie ze klage
und verkoufe dîne kurze tage
umbe daz êwige leben.
sun, den rât wil ich dir geben.'
,ouwê, lieber herre,
jâ ist mîn gir noch merre   1800
zuo der werlde dan ê.
ichn geruowe niemer mê
und wil iemer varnde sîn,
mir entuo noch gotes gnâde schîn
von wanne ich sî oder wer.'
,sun, des bewîse dich der
der dich nâch im gebildet hât,
sît dû verwirfest mînen rât.'

Ein schef wart im gereite,
dâ man im an leite   1810
ze dem lîbe volleclîchen rât:
spîse, sîn gólt, sîne wât.
und dô er ze scheffe gie,
der abbet begap in nie
unz er an daz schef getrat.
alsus rûmte er daz stat.
swie sêre gescheiden sî diu tugent
under alter und under jugent,
sô ergienc doch von in beiden
ein jæmerlîchez scheiden.   1820
sine mohten der ougen
ein ander niht verlougen
unz si sich vor dem breiten sê
enmohten undersehen mê.

Noch nie hat er solchen Dienst verachtet.
Hier verantworte dich vor ihm
und gib dein kurzes Erdendasein
für das ewige Leben hin.
Dies, lieber Sohn, ist mein Rat für dich.'
‚Ach, lieber Herr, gerade nun
ist mein Verlangen nach der Welt
noch größer als zuvor!
Nimmermehr will ich ruhen,
will immer ein fahrender Ritter sein,
bis Gottes Gnade mir kundtut,
woher ich kam und wer ich bin.'
‚So möge der dich leiten, mein Sohn,
der dich nach seinem Bilde schuf,
da du meinen Rat verwirfst.'

Es wurde ihm ein Schiff gerüstet
und alles hineingeladen,
was er zum Leben brauchte:
Speise, sein Gold und seine Kleider.
Als er zum Schiffe ging,
blieb der Abt an seiner Seite,
bis er das Schiff betrat.
So stieß er nun vom Ufer ab.
Wie sehr sich auch Alter und Jugend
ihrem Wesen nach ferne stehen,
so nahmen doch beide mit Schmerzen
voneinander Abschied.
Einer mochte den andern
nicht aus den Augen lassen,
bis sie sich über das weite Meer hin
nicht mehr erkennen konnten.

Nû bôt der ellende
herze unde hende
ze himele und bat vil verre
daz in unser herre
sante in etelîchez lant
dâ sîn vart wære bewant.   1830
er gebôt den marnæren
daz si den winden wæren
nâch ir willen undertân
und daz schef liezen gân
swar ez die winde lêrten
und anders niene kêrten.
ein starker wint dô wæte:
der beleip in stæte
und wurden in vil kurzen tagen
von einem sturmweter geslagen   1840
ûf sîner muoter lant.
daz was verheret und verbrant,
als ich iu ê gesaget hân,
daz ir niht mêre was verlân
niuwan ir houbestat
diu ouch mit kumber was besat.
und als er die stat ersach,
ze den márnæren er dô sprach
dáz si dár wanten
die segele unde lanten.   1850

Dô die burgære sâhen
daz schef dar zuo gâhen,
dô sazten si sich mit her
disem schéffè ze wer.
nû zeicte in der ellende
vridelîche hende
und vrâcte die burgære
waz ir angest wære.
des nam sî besunder

108

Der Heimatlose wandte nun
Herz und Hände zum Himmel
und betete immer wieder
zu unserm Herrn, er möge ihn
in irgendein Land geleiten,
wo seine Fahrt ein Ziel fände.
Seine Seeleute wies er an,
ganz dem Willen der Winde
untertan zu sein
und das Schiff treiben zu lassen,
wohin die Winde es lenkten,
und es nicht anders zu steuern.
Es wehte ein starker Wind,
der beständig anhielt,
und nach wenigen Tagen schon
wurden sie von einem Sturm
zum Land seiner Mutter verschlagen.
Das war, wie ich euch bereits sagte,
verwüstet und verbrannt.
Nur die Hauptstadt allein
war ihr noch übriggeblieben,
und auch die wurde hart bedrängt.
Als er nun die Stadt erblickte,
befahl er seinen Seeleuten,
die Segel dorthin zu wenden
und an Land zu gehen.

Da die Stadtbewohner das Schiff
auf sich zukommen sahen,
rüsteten sie sich mit ihren Waffen
gegen dieses Schiff zur Wehr.
Aber der Fremdling gab ihnen
mit seinen Händen Zeichen des Friedens
und fragte die Bürger,
warum sie sich fürchteten.
Sie wiederum wunderten sich

alle michel wunder,
von wannen der herre
gevaren wære sô verre
daz er des niene weste.
ir einer der beste
undersagete im vil gar,
als ich iu ê, waz in war.
als er ir nôt hete vernomen,
er sprach: ‚sô bin ich rehte komen.
daz ist des ich got ie bat
daz er mich bræhte an die stat
dâ ich ze tuonne vunde,
daz ich mîn junge stunde
niht müezic enlæge,
dâ man urliuges phlæge.
geruochet es diu vrouwe mîn,
ich wil gerne soldier sîn.'
nû sâhen si daz er wære
vil harte lobebære
an lîbe und an guote:
mit willigem muote
wart er geherberget dô.
diu vrouwe was des gastes vrô:
doch hete si in dannoch niht gesehen.
nû was im dar an wol geschehen:
den er ze wirte gewan,
der was ein harte vrum man,
der besten einer von der stat.
swaz er dem gebôt unde bat,
daz vuor nâch sînem muote.
daz galt er wol mit guote.
sîn zerunge was rîche
und doch sô bescheidenlîche
daz im dar under nie gebrast:
des wart er im werder gast.

über alle Maßen,
aus welcher Ferne dieser Herr
denn nur gekommen sei,
daß er von gar nichts wußte.
Einer der Hauptleute schilderte ihm,
in welchen Wirren sie sich befanden,
wovon ich euch schon berichtet habe.
Als er von ihrer Not erfuhr,
sprach er: ‚So bin ich zu Recht gekommen.
Immer habe ich Gott gebeten,
mich an einen Ort zu bringen,
wo man im Kampfe steht
und wo ich eine Aufgabe finde,
um in meiner Jugendzeit
ja nicht müßig zu liegen.
Wenn meine Herrin es wünscht,
will ich gerne ihr Soldritter sein.‘
Sie sahen, daß seine Gestalt
wie auch seine Ausrüstung
allen Lobes würdig waren;
daher nahmen sie ihn
bereitwillig bei sich auf.
Die Herrin freute sich über den Gast,
bevor sie ihn noch gesehen hatte.
Er traf es übrigens gut:
Der Mann, der ihm Wohnung gab,
war sehr tüchtig und angesehen,
einer der Vornehmsten in der Stadt.
Alles, was er von ihm verlangte
oder erbat, geschah ihm nach Wunsch —
dafür gab er reichlich Entgelt.
Sein Verzehr war nicht eben gering,
hielt sich aber in solchen Grenzen,
daß es keinerlei Mangel gab;
so war er ein gerne gesehener Gast.

Dô er vernam diu mære
daz diu vrouwe wære
schœne junc und âne man,
und daz ir daz urliuge dar an
und diu ungenâde geschach
daz si den herzogen versprach   1900
und daz sî ze stæte
die man versprochen hæte,
dô hæte er si gerne gesehen:
und wie daz möhte geschehen
âne missewende,
des vrâcte der ellende.
ouch was ir von im geseit
diu zuht und diu vrümecheit
daz ouch sî in vil gerne sach,
daz selten gaste dâ geschach.   1910
wan daz was ir ellich site:
dâ erzeicte si mite
ir angestlîche swære
(wan ir was vreude unmære):
er wære arm oder rîch,
gast oder heimlîch,
den lie sî sich niemer gesehen,
ez enmöhte ze münster geschehen,
dâ sî stuont an ir gebete,
als si ze allen zîten tete,   1920
ez benæme ir slâf oder maz.

Nû riet der wirt dem gaste daz
daz er ir truhsæzen bat
daz er in bræhte an die stat
dâ er si möhte gesehen.
daz lie der truhsæze geschehen.
er nam in eines tages sît
vruo in einer messezît
und vuorte in an sîner hant

Als er erfahren hatte,
die Landesherrin sei schön,
jung und unvermählt,
und sie sei in das Unheil
dieses Krieges geraten,
weil sie den Herzog abgewiesen,
und habe ein für allemal
auf die Männer verzichtet,
da hätte er sie gerne gesehen.
Also erkundigte sich der Fremde,
wie sich das auf taktvolle Weise
am besten einrichten lasse.
Sie wiederum hatte gehört,
wie gesittet und beherzt er sei,
und hätte ihn ebenfalls gerne begrüßt,
was selten einem Gast widerfuhr.
Denn um zu bekunden,
wie tief betrübt sie war
(sie achtete ja Freuden gering),
hatte sie sich angewöhnt,
sich niemandem zu zeigen,
gleichviel ob Armen oder Reichen,
ob Fremden oder Vertrauten —
es sei denn in der Kirche,
wenn sie dort im Gebet verharrte;
und das tat sie beständig,
kam sie dabei auch um Schlaf und Essen.

Der Hausherr gab seinem Gaste den Rat,
er solle ihren Truchseß bitten,
ihn an einen Platz zu führen,
wo er sie sehen könne.
Der Truchseß willigte ein.
Er nahm ihn ein paar Tage darauf
morgens in die Messe mit,
führte ihn an der Hand

dâ er si an ir gebete vant
und lie in si wól beschouwen.
der truhsæze sprach zer vrouwen:
,vrouwe, grüezet disen man,
wande er iu wol gedienen kan.'
vür einen gast enphie si ir kint:
ouch was sîn herze dar an blint
únd im únkunt genuoc
daz in diu selbe vrouwe truoc.

Nû sach si in vlîzeclîchen an
und mê dan sî deheinen man
vordes ie getæte:
daz kam von sîner wæte.
dô si die rehte besach,
wider sich selben sî des jach,
ez wære daz sîdîn gewant
daz sî mit ir selber hant
zuo ir kinde hete geleit
unde disse gastes kleit
in gelîche begarwe
der güete und der varwe:
ez wære benamen daz selbe gewant,
oder daz si von einer hant
geworht wæren beide.
daz ermante sî ir leide.
nû behagete im diu vrouwe wol
als einem manne ein wip sol
an der nihtes gebrast:
ouch behagete ir der gast
baz danne ie man getæte.
daz macheten sîne ræte
der ouch vroun Êven verriet,
dô si von gotes gebote schiet.

dorthin, wo sie betete,
und ließ ihn sie betrachten.
Dann sprach er zu seiner Gebieterin:
‚Herrin, grüßet diesen Mann,
er kann Euch gute Dienste tun.‘
Als einen Fremdling empfing sie ihr Kind;
aber auch er war blind im Herzen
und erkannte nicht,
daß diese Frau ihn getragen hatte.

Sie sah ihn aber aufmerksam an
und länger, als sie irgend sonst
einen Mann betrachtet hatte.
Das machte seine Kleidung aus;
denn als sie diese näher besah,
sprach sie zu sich selbst,
das sei doch jener Seidenstoff,
den sie mit eigener Hand
ihrem Kinde eingepackt hatte;
und das Kleid des Fremden
sei ihm nach Güte und Farbe
haargenau gleich
und sei wahrhaftig dasselbe Gewand,
oder die beiden Stoffe
seien von einer Hand gewirkt.
Das gemahnte sie an ihr Leid. —
Ihm gefiel die Herrin sehr,
wie eine untadelige Frau
einem Manne gefallen soll.
Und auch ihr war dieser Gast
lieber als irgend jemand zuvor.
Das bewirkten die Pläne dessen,
der auch Frau Eva einst verführte,
da sie Gottes Gebot übertrat.

Sus bevalh in diu guote
in des truhsæzen huote
unde schieden sich sâ.
sîn herze lie er bî ir dâ
und vleiz sich deste mêre
ûf prîs unde ûf êre,
daz er si hâte gesehen.
im was sô liebe daran geschehen   1970
daz er sich dûhte vreuderîch.
nû vant man aller tegelîch
ritterschaft vor der stat,
swie des mannes herze bat,
ze orse und ze vuoze.
daz was sîn unmuoze.
des wart er schiere mære:
swenne die burgære
an die vîende kâmen,
swelhen schaden si nâmen,   1980
sô vergie in selten daz
er engetæte ie etewaz
dâ von er wart ze schalle
und ze prîse vür sî alle.
daz treip er unz ûf die stunde
daz er wesen kunde
ritter swie man gerte,
ze sper und ze swerte.
als er die kunst vil gar bevant
tegelichen mit der hant   1990
und er benamen wêste
daz er wære der beste,
daz er héte ellen unde kraft
und ganze kunst ze ritterschaft,
dô êrste wart sîn vrevele grôz.
wie lützel in der nôt verdrôz!
er was der vîende hagel,
an jagen ein houbet, an vluht ein zagel.

116

Nun befahl ihn die edle Frau
in des Truchsessen Obhut;
und darauf nahmen sie Abschied.
Er ließ sein Herz bei ihr zurück
und bemühte sich nun erst recht
um Ruhm und Anerkennung,
da er sie gesehen hatte.
Diese Begegnung erfüllte ihn so,
daß er hoch gestimmt war.
Nun spielte sich täglich vor der Stadt
ein ritterliches Treiben ab,
zu Fuß und zu Roß,
wie es das Herz eines Mannes begehrt.
Dort fand er ein Feld für seine Taten
und wurde auch bald mit ihnen berühmt:
Immer wenn die Bürger
an den Gegner gerieten
— mochten sie auch den kürzeren ziehen —,
ließ er es sich selten entgehen,
irgend etwas zu unternehmen,
dessentwegen er mehr als alle
gerühmt und gefeiert wurde.
Das betrieb er so lange,
bis er als Ritter bestehen konnte,
mit Lanze und mit Schwert,
wie man es nach den Regeln verlangte.
Als er die Kunst durch tägliche Übung
seiner Hände ganz beherrschte
und davon überzeugt war,
daß er der Beste sei,
Kraft und Kühnheit besitze
und alles ritterliche Können,
wuchs erst recht sein verwegener Mut.
Wie wenig kümmerte ihn Gefahr!
Den Feinden war er ein Hagelwetter,
im Angriff der erste, im Fliehen der letzte.

Nû was der Rômære
von sîner manheit mære,
der herzoge der in daz lant
hete verhert und verbrant,
vil sterker danne ein ander man.
ouch was dem selben dar an
sô schône gelungen
daz er mit gemeiner zungen
ze dem besten ritter wart genannt
über elliu diu lant.
nû was daz sîn gewonheit
daz er eine dicke reit
durch justieren vür daz tor.
dâ tet erz ritterlîchen vor:
wande swelch ritter guot
durch sînen ritterlîchen muot
her ûz justierte wider in,
den vuorte er ie gevangen hin
ze der burgære gesihte
und envorhte sî ze nihte.
des hete er alles vil getriben
daz in niemen was beliben
der in bestüende mêre:
doch versuochte erz dicke sêre.

Nû erschamte sich Grêgôrjus,
dáz in ein man álsús
hete geleit ein michel her
âne aller slahte wer.
dô gedâhte er dicke dar an:
,nû sihe ich dicke daz ein man
der zabel sêre minnet,
swenne er daz guot gewinnet
daz er ûf zabel wâgen wil,
vindet er danne ein geteiltez spil,
sô dunket er sich harte rîch:

2000

2010

2020

2030

Nun war der Römerherzog,
welcher ihnen das Land
verbrannt und verwüstet hatte,
berühmt wegen seiner Tapferkeit,
er war stärker als irgendein anderer.
Auch hatte er bis dahin
so glänzende Erfolge gehabt,
daß er nach allgemeinem Urteil
über alle Lande hin
als bester Ritter galt.
Seine Gewohnheit war es,
allein zum Kampf mit der Lanze
vor das Tor zu reiten,
wo er sich ritterlich hervortat:
Denn jeden tapferen Ritter,
der in seiner Kühnheit
zum Zweikampf gegen ihn herausritt,
führte er als Gefangenen
im Angesichte der Bürger hinweg,
ohne sie im geringsten zu fürchten.
Das hatte er dauernd fortgesetzt,
bis ihnen keiner geblieben war,
der sich dem Herzog zu stellen wagte,
wie oft es der auch darauf absah.

Gregorius fand es beschämend,
daß ihnen hier ein einzelner Mann
ohne jegliche Gegenwehr
ein ganzes Heer zu Fall gebracht hatte.
Darum überlegte er sich:
,Ich beobachte oft,
daß ein Freund des Würfelspiels,
sobald er das Geld beisammen hat,
das er im Spiele setzen will,
sich schon sehr reich dünkt, wenn er nur
einen Partner zum Wettkampf findet;

und ist ez ouch ein teil úngelîch,
er bestât ez ûf einen guoten val.
nû hân ich eines spiles wal,
bin et ich sô wol gemuot
daz ich mîn vil armez guot
wâge wider sô rîche habe,
daz ich iemer dar abe   2040
geêret und gerîchet bin,
ob mir gevallet der gewin.
ich bin ein ungelobeter man
und verzagete noch nie dar an,
ichn gedenke dar nâch alle tage,
wie ich die sælde bejage
daz ich ze vollem lobe gestê.
nû enweiz ich niht wie daz ergê:
ich enwâge darumbe den lîp,
man hât mich iemer vür ein wîp   2050
und bin der êren betrogen.
mac ich nû disen herzogen
ûf gotes genâde bestân?
nû weiz ich doch wol daz ich hân
beidiu sterke und den muot.
ich wil benamen diz arme guot
wâgen ûf disem spil.
man klaget mich niht ze vil,
ob ich tôt von im gelige:
ist aber daz ich im an gesige,   2060
sô bin ich êren rîche
iemer êwiclîche.
daz wizze man unde wîp,
mir ist lieber daz mîn lîp
bescheidenlîche ein ende gebe
dan daz ich lasterlîchen lebe.ʻ

Grêgôrjus sich des gar bewac
daz er ez deheinen tac

und ist es auch ein ungleiches Spiel,
so wagt er es doch auf gut Glück.
Wenn ich nun fest entschlossen bin,
meine ärmliche Habe
gegen so reiches Gut zu setzen,
so kann ich hier einen Wettkampf wagen,
durch den ich mir für immer
Ehre und Geltung gewinne,
wenn mir der Sieg zufällt.
Noch werde ich nirgends bewundert;
und unermüdlich sinne ich
alle Tage darüber nach,
wie ich mir das Glück erjage,
um dazustehen in vollendetem Ruhm.
Doch weiß ich nicht, wie das zugehen soll:
Wage ich nicht mein Leben dafür,
so hält man mich immer für ein Weib,
und ich komme nie zu Ansehen.
Werde ich aber diesen Herzog
mit Gottes Hilfe bestehen können?
Eines weiß ich doch wohl: Die Kraft
und den Willen habe ich dazu.
So will ich denn im Wettkampf
diese geringen Güter wagen!
Man wird mich nicht allzu sehr beweinen,
wenn er mich niedergestreckt hat.
Besiege ich ihn aber,
so werde ich für immer
reich an Ehren sein.
Männer und Frauen sollen es wissen,
daß ich immer noch lieber
für eine gute Sache sterbe,
als ein schmähliches Leben zu führen.'

Gregorius beschloß,
keinen Tag länger zu warten:

wolde vristen mêre:
durch got und durch êre   2070
wolde er verliesen sînen lîp
oder daz unschuldige wîp
lœsen von des herren hant
der ir genomen hâte ir lant.
diz sagete er niuwan einem man
der in mohte wol dar an
gevrumen und gewerren,
dem oberisten herren:
er wolde ez nieman mêre sagen.

Morgen dô ez begunde tagen,   2080
dô hôrte er eine messe vruo
und bereite sich dar zuo
als er ze velde wolde komen.
der wirt wart zuo der rede genomen:
der half im ûz vür die stat.
mit grôzem vlîze er in des bat
daz er des war næme,
swenne er wider kæme,
daz er in lieze wider in,
er bræhte verlust oder gewin.   2090
alsus kam der guote
mit manlîchem muote
geriten über jenez velt
vür des herzogen gezelt,
dâ er in inne weste.
nû ersach in der muotveste
unde wâfente sich sâ
unde ouch nieman mêre dâ.
alle die er dâ hâte
die ruoften daz man drâte   2100
im sîn ors gewünne:
er vorhte daz er im entrünne.

Um Gottes und der Ehre willen
wollte er sein Leben verlieren —
oder die unschuldige Herrin
aus der Gewalt des Mannes befreien,
der ihr das Land genommen hatte.
Das erzählte er niemandem,
außer dem einzigen,
der ihn in dieser Sache fördern
oder behindern konnte:
dem allerhöchsten Herrn.
Keinem anderen wollte er es sagen.

Am Morgen, als es zu tagen begann,
hörte er früh die Messe
und rüstete sich dann,
in den Kampf zu reiten.
Er zog seinen Wirt hinzu,
und dieser half ihm aus der Stadt.
Ihm legte er ans Herz,
genau darauf zu achten,
wann er wieder käme,
und ihn — als Sieger oder Verlierer —
wieder einzulassen.
So kam der Tapfere
mit männlichem Mut
über das Feld geritten
bis zu jenem Zelt,
darin er den Herzog wußte.
Der, voll Kühnheit, erblickte ihn
und griff zu seinen Waffen —
er allein, sonst niemand.
Alle seine Begleiter riefen,
man solle schleunigst sein Roß holen;
denn er fürchtete,
der Gegner könnte ihm entrinnen.

Als in Grêgôrjus komen sach,
vil sinneclîchen im geschach.
er begunde im entwîchen
vil harte kärclîchen
zuo den sînen vür daz tor.
vil wol erbeite er sîn dâ vor,
ob er in bekumbern möhte,
daz im niene töhte   2110
diu helfe von sînem her.
nû saz diu burcmûr und diu wer
vol ritter unde vrouwen
die daz wolden schouwen
wederm dâ gelunge.
nû ensûmte sich niht der junge.
ir ietweder sich dâ vleiz
ûf einen langen puneiz.
zuo ein ander wart in ger.
alse schiere sî diu sper   2120
under die arme sluogen,
diu ors si zesamene truogen.
diu sper wâren kurz und grôz,
des ir ietweder missenôz:
wande ir ietweder stach
daz sîn daz ez ze stücken brach
und daz sî doch gesâzen.
wie lützel sî vergâzen
der swerte bî der sîten!
seht, si begunden strîten,   2130
zwêne gelîche starke man
der deweder nie gewan
unredelîche zageheit
(daz sî iu vür wâr geseit)
alse grôz als umbe ein hâr,
und ez muose dâ vür wâr
den strît under in beiden
kunst und gelücke scheiden.

Als ihn Gregorius heranreiten sah,
hatte er einen klugen Einfall:
Mit besonderem Geschick
wich er ihm aus
bis zu den Seinen vor das Tor.
Dort erwartete er ihn,
damit ihm die Hilfe seines Heeres,
wenn er ihn bedrängte,
nichts mehr nützen könne.
Die Burgmauer und der Wehrgang
waren voll besetzt von Rittern und Frauen,
die gern sehen wollten,
welcher von beiden siegen würde.
Und nun säumte der Jüngling nicht länger.
Jeder ritt in möglichst großem
Anlauf zum Zusammenprall.
Die Kampflust trieb sie gegeneinander,
und kaum hatten sie ihre Lanzen
unterm Arme gesenkt,
da trugen die Pferde sie schon zusammen.
Die Lanzen waren kurz und dick
und nützten ihnen beiden wenig;
denn jeder stach die seine so,
daß sie in Stücke brach
und die Reiter dennoch im Sattel blieben.
Jetzt mußten sie sich nicht lange besinnen,
daß sie ein Schwert an der Seite trugen!
Seht, sie begannen zu streiten
als zwei gleich starke Männer,
und es sei euch versichert:
Keinen von beiden
kam die kleinste Spur
von schnöder Feigheit an!
Wahrlich, nur das Glück
und die Geschicklichkeit
konnten diesen Kampf entscheiden.

Dô ir ietweder genuoc
mit dem swerte gesluoc,   2140
dô bekumberte in alsus
der getühtige Grêgôrjus
daz er in zoumen began
und vuorte in mit gewalte dan
vaste gegen dem bürgetor.
daz was im noch beslozzen vor
und enwart niht drâte in verlân.
nû hâte des war getân
des herzogen ritterschaft.
die begunden mit aller ir kraft   2150
engegen ir herren gâhen.
dô daz die burgære sâhen,
dô wurfen si ûf diu bürgetor.
álsús ergienc dâ vor
der aller hertiste strît
der vordes ie oder sît
von sô vil liuten ergie.
doch behabete Grêgôrjus hie
sînen gevangenen man
und brâhte in ritterlîchen dan.   2160
zuo sluogen sî daz bürgetor.
dô huoben sî dâ vor
einen sturm harte grôz:
unlanc was daz sî es verdrôz.

Der sælige Grêgôrjus
der bejagete im alsus
des tages michel êre
und hete von grôzem sêre
erlœset sîner muoter lant
mit sîner ellenthaften hant.   2170
vórdes was sîn prîs sô grôz
daz niemen vrumen des verdrôz
er enspræche sîn êre:

Als sie beide lange genug
mit den Schwertern gefochten hatten,
bedrängte der tapfere Gregorius
den andern in solcher Weise,
daß er sein Pferd am Zaume faßte
und ihn dann mit Gewalt
bis nahe ans Burgtor führte.
Dieses war noch verschlossen,
und man ließ ihn nicht gleich ein.
Aber die Ritter des Herzogs
hatten alles beobachtet,
und mit der ganzen Heeresmacht
eilten sie ihrem Herrn zu Hilfe.
Als das die Bürger sahen,
rissen sie die Tore auf,
und jetzt erhob sich draußen
der allerhärteste Kampf,
der je zuvor oder spätermals
von so vielen gefochten wurde.
Gregorius aber hielt
seinen Gefangenen fest,
führte ihn ritterlich ab —
und sie schlugen das Stadttor zu.
Die andern unternahmen
von außen einen gewaltigen Ansturm;
doch sie gaben es bald auf.

Der glückliche Sieger Gregorius
hatte sich damit an diesem Tage
hohen Ruhm erkämpft
und das Land seiner Mutter
mit seiner kühnen Hand
aus großem Leide erlöst.
War er bis dahin schon so geachtet,
daß jeder ehrbare Mann
sein Lob im Munde führte,

nû hât er aber ir mêre
ouch hât diu vrouwe und ir lant
von sîner gehülfigen hant
alle ir nôt überkomen.
swaz si schaden hete genomen,
der wart ir volleclîche ersat,
als si gebôt unde bat,   2180
und emphie des rehte sicherheit
dáz er ir dehein leit
vürdermâl getæte.
daz liez er harte stæte.

Dô diz nœtige lant
sînen kumber überwant
und mit vride stuont als ê,
nû tet den lantherren wê
diu tegelîche vorhte
die in der zwîvel worhte   2190
daz ez in alsam müese ergân,
ob si áber wolde bestân
dehein gewaltigiu hant.
si sprâchen ez wære daz grôze lant
mit einem wîbe unbewart
vor unrehter hôchvart
,und heten wir einen herren,
sô enmöhte uns niht gewerren.'
nû wurden si alsô drâte
under in ze râte   2200
dáz si die vrouwen bæten
und daz mit vlîze tæten
daz sî einen man næme
der in ze herren gezæme:
daz wære in allen enden guot.
si westen wol daz sî den muot
ir durch got hæte erkorn
daz sî hæte verborn

jetzt wurde er noch mehr gepriesen.
Die Herrin aber und ihr Land
hatten nun mit seiner Hilfe
alle Not überwunden.
Was sie an Schaden erlitten hatte
wurde ihr ganz und gar ersetzt,
wie sie es wünschte und forderte,
und sie empfing vom Herzog
das Versprechen, daß er ihr
künftig kein Leid mehr zufügen werde.
Das hielt er auch streng ein.

Als so das geplagte Land
von seiner Bedrängnis befreit war
und wie einst den Frieden hatte,
wurden die Fürsten des Landes
von täglicher Sorge gequält
wegen der Unsicherheit,
es möchte ihnen wieder so gehen,
wenn ein so gewaltiger Schlag
ein andermal zu bestehen wäre.
Sie sagten, dieses große Land
sei gegen unrechtmäßigen Zugriff
mit einer Frau alleine wehrlos —
‚Hätten wir aber einen Herren,
so könnte uns niemand etwas antun.‘
Daher faßten sie unter sich
bald den folgenden Plan:
Sie wollten ihrer Herrin
mit ernster Bitte nahelegen
sich zu vermählen mit einem Mann,
der sich als Gebieter eigne:
Das sei ihnen nützlich für jeden Fall.
Sie wüßten zwar, daß ihre Herrin
Gott zuliebe beschlossen habe,
einem jeden Manne

und wolde verberen alle man.
dâ missetæte si an: 2210
ir leben wære übele bewant,
ob sî ein sô rîchez lant
ir dankes âne erben
sús wolde verderben.
diz wæren ir ræte
daz si noch baz tæte
wider die werlt und wider got
(si behielte sô baz sîn gebot)
daz si einen man næme
und érbèn bekæme. 2220
diz was benamen der beste rât:
wande êlich hîrât
daz ist daz aller beste leben
daz got der werlde hât gegeben.

Dô ir der rehten wârheit
alsô vil wart vür geleit,
si volgete ir râte und ir bete
alsô daz sî ez in gote tete
und gelobete ze nemen einen man.
dâ geschach ir aller wille an. 2230
nû rieten sî über al
daz man ir lieze die wal
ze nemen swen si wolde.
dô daz wesen solde,
dô gedâhte diu guote
vil dicke in ir muote
wén sî nemen möhte
der baz ir muote töhte
danne den selben man
(und geviel vil gar dar an) 2240
den ir got hete gesant
ze lœsen sî unde ir lant.
daz was ir sun Grêgôrjus.

ein für allemal zu entsagen;
aber sie tue unrecht daran,
denn ihr Leben sei schlecht bestellt,
wenn sie ein derart reiches Land
so mit Absicht ohne Erben
zugrunde gehen ließe.
Vielmehr sei dies ihr Rat:
Weit besser handle sie
vor der Welt und vor Gott
und im Sinne seines Gebotes,
wenn sie sich vermähle
und Erben bekomme.
Dies war wirklich der beste Vorschlag,
denn eine rechtlich geschlossene Ehe
ist der allerbeste Stand,
den Gott der Welt geschenkt hat.

Als sie so viele wahre Dinge
der Herrin vorgetragen hatten,
folgte sie diesem dringenden Rat
— wobei sie in Gott zu handeln glaubte —
und versprach einen Mann zu nehmen.
Damit geschah der Wille aller.
Und sie kamen überein,
man möge ihr die Wahl überlassen,
wen sie nehmen wolle.
Da sie sich nun entscheiden mußte,
erwog die edle Frau
immer wieder bei sich,
daß sie keinen nehmen konnte,
der mehr nach ihrem Sinn war,
als eben jener Mann
(und diesem Gedanken verfiel sie ganz),
den ihr Gott gesandt hatte,
um sie und ihr Land zu befreien:
Das war ihr Sohn Gregorius.

dar nâch wart er alsus
vil schiere sîner muoter man.
dâ ergie des tiuvels wille an.

Dô si den herren sagete
wer ir dar zuo behagete,
nû wâren si niemans alsô vrô:
ze herren nâmen sî in dô.   2250
ez enwart nie wünne merre
dan diu vrouwe und der herre
mit ein ander hâten,
wande si wâren berâten
mit liebe in grôzen triuwen;
seht, daz ergie mit riuwen.
er was guot rihtære,
von sîner milte mære.
swaz einem manne mac gegeben
ze der werlde ein wünneclîchez leben,   2260
des hâte er gar des wunsches wal:
daz nam einen gæhen val.

Sîn lant und sîne marke
die bevridete er alsô starke,
swer si mit arge ruorte
daz er den zevuorte
der êren und des guotes.
er was vestes muotes.
enhæte erz niht durch got verlân,
im müesen wesen undertân   2270
swaz im der lande was gelegen.
nû wolde er aber der mâze phlegen:
durch die gotes êre
sô engerte er nihtes mêre
wan daz im dienen solde:
vürbaz er niene wolde.

132

So wurde er infolgedessen
bald darauf seiner Mutter Gemahl.
Nun hatte der Teufel seinen Willen.

Als sie den Herren mitgeteilt hatte,
wer ihr gefalle, freuten sie sich
wie über keinen andern
und nahmen ihn zu ihrem Herrn.
Nie gab es größeres Glück auf Erden,
als die Herrin und ihr Gemahl
hier miteinander fanden,
denn sie waren von Leidenschaft
und Treue zueinander erfüllt.
Doch seht, Schmerz sollte das Ende sein.
Gregorius war ein vortrefflicher Herrscher,
bekannt durch seine Güte.
Was einen Mann in dieser Welt
erfüllen und beglücken kann,
stand ihm reichlich zu Gebote.
Aber das Glück sollte jäh zerbrechen.

Sein Land und seine Marken
sicherte er so stark,
daß er einem jeden,
der sie heimtückisch angriff,
Ehre und Besitz abzwang.
Er besaß einen starken Willen,
und hätte er es nicht Gott zuliebe
unterlassen, er hätte sich alle
Nachbarländer unterworfen.
Doch wußte er Maß und Ziel zu halten:
Er begehrte zum Ruhme Gottes
nur, was ihm den Dienst
rechtmäßig schuldig war,
und verlangte weiter nichts.

Die tavel hâte er alle wege
in sîner heimlîchen phlege
verborgen ûf sîner veste,
dâ die niemen enweste, 2280
diu dâ bî im vunden was.
an der er tegelîchen las
sîn süntlîche sache
den ougen ze ungemache,
wie er geboren würde
und die süntlîche bürde
sîner muoter und sînes vater.
unsern herren got bat er
in beiden umbe hulde
und erkande niht der schulde 2290
diu ûf sîn selbes rücke lac,
die er naht unde tac
mit sîner muoter uopte,
dâ mite er got betruopte.

Nû was dâ ze hove ein maget,
alsô karc, sô man saget,
diu verstuont sich sîner klage wol,
als ich iu nû sagen sol:
wan si der kemenâten phlac,
dâ diu tavel inne lac. 2300
er hete genomen ze sîner klage
im eine zît in dem tage
die er ouch niemer versaz.
nû gemarhte diu juncvrouwe daz,
swenne si in dar in verlie,
daz er dar lachende gie
und schiet ie als ein riuwec man
mit rôten ougen von dan.

Nû vleiz si sich iemer mêre
heimlîchen sêre 2310

134

Die Tafel, die man einst
bei ihm gefunden hatte,
hielt er immer heimlich
auf seinem Schlosse verborgen,
wo niemand von ihr wußte.
Täglich las er darauf
— seinen Augen zum Schmerz —
die sündenvolle Geschichte
von seiner Geburt
und von der Sündenlast
seiner Mutter und seines Vaters.
Er bat unsern Herrgott
um Erbarmen für sie beide
und erkannte nicht die Schuld,
die er selber trug:
die er Tag und Nacht
zu Gottes Bekümmernis
mit seiner Mutter verübte.

Wie es heißt, lebte am Hof
eine Magd, die sehr findig war.
Und ich will euch berichten,
wie sie seine Klage bemerkte:
Sie hatte das Zimmer zu machen,
in dem die Tafel lag.
Er hatte für seine schmerzliche Andacht
eine feste Tageszeit gewählt,
die er auch nie versäumte.
Das Mädchen konnte beobachten,
wenn sie ihn vorbeiließ,
daß er fröhlich ins Zimmer trat,
aber mit rotgeweinten Augen
voll Kummer wieder herauskam.

Nun war sie unablässig
in aller Heimlichkeit bemüht,

wie si daz rehte ersæhe
wâ von diu klage geschæhe
und sleich im eines tages mite,
dô er aber nâch sînem site
ze kemenâten klagen gie.
dô was diu juncvrouwe hie
und barc sich unz sî rehte gesach
sînen klegelîchen ungemach
und daz er an der tavel las,
alse sîn gewonheit was.   2320
dô er des harte vil getete
mit weinen unde mit gebete,
dô truckente er diu ougen
und wânde sîniu tougen
vor al der werlde wol bewarn.
nû hetez diu maget alsus ervarn:
war er die tavel leite,
daz ersach si vil gereite.

Dô sîn klage ein ende nam,
diu maget vil harte schiere kam   2330
zuo ir vrouwen unde sprach:
‚vrouwe, waz ist der ungemach
dâ von mîn herre trûret sô,
daz ir mit im niht sît unvrô?‘
diu vrouwe sprach: ‚waz meinest dû?
jâ schiet er niuwelîchen nû
von uns vil vrœlichen hie:
waz möhte er, sît er von mir gie,
vernomen hân der mære
dâ von er trûrec wære?   2340
wære im solhes iht gesaget,
daz enhete er mich niht verdaget.
im enist ze weinen niht geschehen:
dû hâst entriuwen missesehen.‘
‚vrouwe, leider ich enhân.

136

wirklich herauszufinden,
woher sein Klagen käme.
Sie schlich ihm eines Tages nach,
als er wieder nach seiner Gewohnheit
ins Zimmer ging, um zu klagen.
Schon war auch das Mädchen drinnen,
verbarg sich und entdeckte,
wie jammervoll er litt;
sie sah ihn seine Tafel lesen,
wie er es gewohnt war.
Nachdem er das sehr lange getan,
viel geweint und gebetet hatte,
trocknete er sich die Augen;
er wähnte sein Geheimnis
wohl behütet vor aller Welt.
Die Magd aber hatte es nun erfahren,
und sie verfolgte mit raschem Blick,
wohin er die Tafel legte.

Kaum hatte seine Klage ein Ende,
da lief die Magd in aller Eile
zu ihrer Gebieterin und sagte:
‚Herrin, was für ein Leid ist das,
worüber mein Herr so traurig ist
und das nicht auch Euch betrübt?‘
Die Herrin sprach: ‚Was meinst du?
Er hat sich doch vor kurzem erst
ganz vergnügt von uns getrennt!
Was könnte er vernommen haben,
das ihn traurig machen sollte,
seitdem er mich verließ?
Hätte man ihm dergleichen gemeldet,
so wäre er damit zu mir gekommen.
Er hat nicht weinen müssen;
du hast dich sicher geirrt.‘
‚Nein Herrin, leider nicht!

dêswâr ich sach in hiute stân
dâ in ein riuwe gevie
diu mir an mîn herze gie.'
,sich, jâ was ez ie dîn site
unde hâst mir dâ mite   2350
gemachet manege swære,
dûn gesagetest nie guot mære.
noch baz dû gedagetest
dan dû die lüge sagetest
diu mir ze schaden gezüge.'
,vrouwe, diz enist niht ein lüge.
jâ enist anders niht mîn klage
wan dáz ich iu sô wâr sage.'
,sich, meinest dûz dôch sô?'
,entriuwen jâ, er ist unvrô.   2360
ich wânde ir westetz michel baz.
jâ vrouwe, waz mac wesen daz
daz er vor iu sô gar verstilt,
wan er iuch anders niht enhilt?
zewâre, vrouwe, swaz ez sî,
im wonet ein grôziu swære bî.
ich hân es ouch mê war genomen:
nû bin ich es an ein ende komen
daz er sô grôzen kumber treit
den er noch nieman hât geseit.   2370
sît er hie des landes phlac,
sô enlie er nie deheinen tac
er engienge ie wider morgen
eine und verborgen
in die kemenâten,
vreude wol berâten:
swie vrœlich er dar in gie,
sô schiet er doch ze jungist ie
her ûz vil harte riuwevar.
doch genam ichs nie sô rehte war   2380
als ich hiute hân getân.

138

Ich sah ihn wirklich heute stehen
von einer Trauer umfangen,
daß es mir ans Herz ging.'
,Ach, das war immer so deine Art,
und du hast mir mit ihr
schon manchen Ärger bereitet;
nie hast du mir Gutes zu sagen gewußt.
Besser hättest du geschwiegen
als solche Lüge zu sprechen,
mit der du mir weh tun willst.'
,Herrin, es ist keine Lüge!
Gerade das beklage ich ja,
daß ich Euch die Wahrheit sage!'
,Wie, dann meinst du es wirklich so?'
,Ja, im Ernst, er ist tief betrübt.
Ich glaubte, das wüßtet Ihr viel besser.
Herrin, was kann es denn nur sein,
das er so ganz Euch vorenthält,
da er doch sonst nichts vor Euch verbirgt?
Wahrlich, Herrin, was es auch sei,
er trägt etwas Schweres mit sich herum.
Ich hatte es öfters schon bemerkt;
nun bin ich ganz dahinter gekommen,
daß er großen Kummer trägt,
den er noch keinem gesagt hat.
Seitdem er hier das Land regiert,
ließ er nie einen Tag verstreichen,
ohne stets in aller Frühe
allein und verborgen
in sein Zimmer zu gehen,
wobei ihm die Freude im Gesicht stand;
wie fröhlich er indes hineinging,
zuletzt kam er doch immer
ganz traurig wieder heraus.
Freilich, so genau wie heute
habe ich es noch nie wahrgenommen.

dô ich in sach dar in gân,
dô stal ich mich mit im dar in
und barc mich dâ unz daz ich in
und alle sîn gebærde ersach.
ich sach in grôzen ungemach
von unmánlîcher klage begân
unde sach in vor im hân
ein dinc dâ an geschrieben was:
dô er daz sach unde las, 2390
sô sluoc er sich ze den brüsten ie
und bôt sich an sîniu knie
mit venjen vil dicke,
mit manegem ûfblicke.
ichn gesach joch nieman mêre
geweinen alsô sêre.
dâ bî erkande ich harte wol
daz sîn herze ist leides vol:
wan dâ enzwîvel ich niht an
umbe einen sô geherzen man, 2400
swâ dem ze weinenne geschiht,
daz ist âne herzeriuwe niht,
als ich in hiute weinen sach.'

Diu vrouwe trûreclichen sprach:
,ouwê mîns lieben herren!
waz mac im danne werren?
mir enist sîns kumbers niht mê kunt:
wan er ist junc und gesunt
und rîch ze guoter mâze.
dar zuo ich niene lâze, 2410
ich envâre sîns willen als ich sol.
dêswâr des mac mich lüsten wol,
wande ér daz wol verschulden kan.
hât dehein wîp tiurern man,
dêswâr daz lâze ich âne zorn:
wande érn wart weizgot nie geborn.

Als ich ihn ins Zimmer gehen sah,
stahl ich mich mit ihm hinein
und verbarg mich dort, bis ich ihn
und all sein Tun beobachtet hatte:
Ich sah, wie er ein schweres Leid
auf gar nicht männliche Art beklagte,
und daß er ein Ding in Händen hielt,
auf dem etwas geschrieben war:
Als er es ansah und las,
schlug er sich oft an die Brust
und ließ sich immer wieder
auf seine Knie fallen,
den Blick nach oben gewandt.
Noch niemals habe ich jemanden
so heftig weinen sehen.
Daran erkannte ich genau,
daß sein Herz voller Leid ist.
Denn das scheint mir sicher:
Wo ein so beherzter Mann
derart weinen muß,
wie ich ihn heute weinen sah,
so geschieht es nicht ohne tiefen Schmerz.'

Die Herrin erwiderte betrübt:
‚O weh, mein lieber Gemahl!
Was mag ihn denn so verstören?
Von seinem Kummer ahnte ich nichts.
Er ist doch jung und gesund
und hat ansehnliche Macht;
auch folge ich, meiner Bestimmung gemäß,
immer nur seinem Willen
und tue es mit ganzer Freude,
denn er hat es wohl verdient.
Daß ein Weib einen besseren Mann habe,
darüber kann ich mich nicht ereifern:
Der wurde, weiß Gott, nie geboren!

ouwê mir armen wîbe!
jâ engeschách mînem lîbe
nie deheiner slahte guot
unde ouch niemer getuot   2420
niuwan von sîn eines tugent.
nû waz mac im ze sîner jugent
sô vil ze weinenne sîn geschehen
als ich dich dâ hœre jehen?
nû tuo mir etelîchen rât,
sît daz er michs verswigen hât,
wie ich daz sîn leit ervar
daz ich mich doch an im bewar.
ich vürhte, ob ich mirz sagen bite,
ich verliese in dâ mite.   2430
ich weiz wol, swelh sache
im ze leide oder ze ungemache
geschæhe diu ze sagenne ist,
die enverswige er mich deheine vrist.
nû enger ich doch deheine geschiht
wider sînen willen ze wizzen niht,
wan daz mir diz durch einen list
alsô nôt ze wizzenne ist,
ob sîner swære
iender alsô wære   2440
daz im mîn helfe töhte
und im si benemen möhte.
daz er mich ie deheine geschiht,
si züge ze vreuden oder niht,
verswige, des was ich ungewon
und bin wol gewis dâ von
daz er mir diz ungerne saget.'

,Nû râte ich wol', sprach diu maget,
,daz ir ez harte wol ervart
und doch sîne hulde bewart.   2450
dâ ich in dâ stânde sach

O ich arme Frau!
Kommt nicht all das Gute,
was mir je widerfahren ist
und noch jetzt widerfährt,
allein von seiner Vortrefflichkeit?
Was mag ihm da in seiner Jugend
so Trauriges begegnet sein,
wie du mir eben erzählst?
Nachdem er es mir verschweigt,
gib du mir irgendeinen Rat,
wie ich sein Leid ergründen kann,
ohne etwas damit zu verderben.
Bitte ich ihn, es mir zu sagen,
so fürchte ich, ihn zu verlieren.
Denn ich weiß, eine Sache,
die ihm Leid und Ärger bringt,
würde er mir niemals verschweigen,
wenn er sie sagen könnte.
Ich möchte wirklich nichts wissen,
wenn es ihm gegen den Willen geht,
nur dies muß ich aus gutem Grunde
unbedingt erfahren;
denn vielleicht gelingt es mir doch,
ihm in seiner Not
irgendwie zu helfen
oder sie gar von ihm zu nehmen.
Daß er mir jemals ein Geschehnis
— sei es erfreulich oder nicht —
verschwiegen hätte, habe ich nicht erlebt;
darum bin ich sicher,
daß er mir dies nicht gern erzählt.'

,Ich weiß einen Rat', sprach die Magd,
,wie Ihr es ganz gewiß erfahrt
und Euch doch seine Gunst erhaltet:
Während ich ihn da stehen sah,

klagen sînen ungemach,
die stat die marhte ich harte wol,
als ich sî iu zeigen sol.
dô er geweinde genuoc
und sich ze den brüsten gesluoc,
daz er dâ vor im hâte
daz barc er alsô drâte
in ein mûrloch über sich.
die selben stat die marhte ich.   2460
muget ir des erbîten
(er wil doch birsen rîten),
vrouwe, sô vüere ich iuch dar
und zeige ez iu: sô nemet ir war
waz dar an geschriben sî,
dâ erkennet ir ez bî.
ez enist niht âne daz,
dar an enstê etewaz
geschriben von sînen sorgen
die er sus hât verborgen.'   2470

Dô er nâch sîner gewonheit
ze walde birsen gereit,
dô tet sî alsô drâte
nâch der mägede râte
und gie dâ sî die tavel vant
und erkande sî zehant
daz ez diu selbe wære,
als man iu an dem mære
ouch dâ vor geseite,
die sî zuo ir kinde leite.   2480
unde als sî dar an gelas
dáz sî áber versenket was
in den viel tiefen ünden
tœtlîcher sünden,
dô dûhte si sich unsælic gnuoc.
zuo den brüsten sî sich sluoc

wie er sein Leid beklagte,
achtete ich genau auf den Platz,
um Euch alles zeigen zu können.
Als er sehr lange geweint
und sich an die Brust geschlagen hatte,
verbarg er jenen Gegenstand,
den er da vor sich hielt, geschwind
in einer Öffnung hoch in der Mauer.
Diese Stelle merkte ich mir.
Herrin, wenn Ihr es wünscht
(er will doch auf die Pirsch reiten),
so führe ich Euch hin
und zeige Euch das Ding: Dann seht Ihr,
was da geschrieben steht,
und daran werdet Ihr alles erkennen.
Es kann nicht anders sein,
als daß etwas von seinen Sorgen,
die er sonst verbirgt,
darauf zu lesen ist.'

Kaum war der Herr nach seiner Gewohnheit
zur Pirsch in den Wald geritten,
da tat die Herrin gleich,
was ihr die Magd geraten hatte;
sie ging zu der Stelle, fand die Tafel
und erkannte alsbald,
daß es dieselbe war, die sie einst
zu ihrem Kinde gelegt hatte,
wie euch ja in dieser Erzählung
schon früher berichtet worden ist.
Und als sie auf der Tafel las,
daß sie nun zum zweiten Mal
in dem abgrundtiefen Meer
der tödlichen Sünden versunken war,
da empfand sie ihre Unseligkeit ganz.
Sie schlug sich an die Brust

und brach ûz ir schœne hâr.
si gedâhte daz sî vür wâr
zuo der helle wære geborn
und got hæte verkorn 2490
ir herzenlîchez riuwen
daz sî begienc mit triuwen
umbe ir erren missetât,
als man iu ê gesaget hât,
sît er des tiuvels râte
nû áber verhenget hâte
dáz sî an der sünden grunt
was gevallen anderstunt.

Ir vreuden sunne wart bedaht
mit tôtvinsterre naht. 2500
ich wæne ir herze wære
gebrochen von der swære,
wan daz ein kurz gedinge
ir muot machete ringe
und stuont ir trôst doch gar dar an.
si gedâhte: ,waz ob mînem man
disiu tavel ist zuo brâht
anders danne ich hân gedâht?
ob got mînen sun gesande
gesunden ze lande, 2510
etewer der in dâ vant
der hât tavel und daz gewant
mînem herren ze koufen geben.
des gedingen wil ich leben,
unz ich die rede rehte ervar.'
ein bote wart gewunnen dar
und besande alsô balde
ir herren dâ ze walde.

Der bote gâhte dô zehant
dâ er sînen herren vant. 2520
zuo dem sprach er álsús:

und raufte sich die schönen Haare.
Sie dachte, sie sei wahrhaftig
für die Hölle geboren,
und ihre herzliche Reue,
die sie wegen ihrer alten Schuld
redlich durchlitten hatte,
wie euch gesagt worden ist,
habe Gott verschmäht,
indem er die Absicht des Teufels
von neuem hatte geschehen lassen,
so daß sie abermals
auf den Grund der Sünden gefallen war.

Die Sonne ihrer Freuden
war von todfinsterer Nacht bedeckt.
Ich glaube, daß ihr Herz
am Kummer zerbrochen wäre,
hätte nicht eine Spur von Hoffnung
ihr Gemüt erhellt,
auf die sie all ihr Vertrauen setzte.
Sie dachte nämlich: ‚Wenn nun die Tafel
anders, als ich glaubte,
meinem Manne zugekommen ist?
Sollte Gott meinen Sohn gesund
an Land gesendet haben,
so hat vielleicht einer, der ihn fand,
die Tafel und den Seidenstoff
meinem Herrn zu kaufen gegeben.
Dies soll meine ganze Hoffnung sein,
bis ich weiß, wie es sich wirklich verhält.‘
Sie bestellte einen Boten
und sandte ihn sofort in den Wald
nach ihrem Herren aus.

Der Bote sprengte augenblicklich
an die Stelle, wo er seinen
Herren fand, und sprach zu ihm:

,herzoge Grêgôrjus,
ob ir iemer mîne vrouwen
lebende welt beschouwen,
sô gesehet sî vil drâte
oder ir komet ze spâte.
ich lie si in grôzer ungehabe.'
nû wart Grêgôrjus dar abe
vil harte riuwec und unvrô
er sprach: ,geselle, wie redest dû sô?   2530
jâ liez ich sî an dirre stunt
vil harte vrô und wol gesunt.'
,herre, des wil ouch ich jehen.
jâ ist ez an dirre stunt geschehen.'
ze walde wart niht mê gebiten:
vil drâte sî ze hûse riten.
dâ enwart (des wil ich iu verphlegen)
niht vil erbeizet under wegen
unz daz er vol hin kam
dâ sîn vreude ein ende nam,   2540
wande er muose schouwen
an sîner lieben vrouwen
ein swære ougenweide.
ir hiufeln was vor leide
diu rôsenvarwe entwichen,
diu schœne garwe erblichen:
sús vant er si tôtvar.
des entweich ouch im sîn vreude gar.
vil grôz jâmer dâ ergie:
wande zwei gelieber nie   2550
mannes ouge gesach.

Der guote sündære sprach:
,vrouwe, wie gehabet ir iuch sô?'
vil kûme geantwurte si dô,
wande ir der sûft die sprâche brach.
mit halben worten si sprach:

148

‚Herzog Gregorius,
wenn Ihr jemals meine Herrin
noch lebendig sehen wollt,
so sucht sie eiligst auf,
oder Ihr kommt zu spät.
Ich ließ sie in großer Verzweiflung zurück.‘
Darüber war Gregorius
tief erschrocken und betrübt;
er sprach: ‚Mein Freund, was redest du?
Ich ließ sie doch eben erst
sehr fröhlich und gesund zurück.‘
‚Herr, das gebe ich zu,
doch ist es gerade erst jetzt geschehen.‘
Da weilten sie nicht länger im Walde
und ritten in großer Eile heim.
Unterwegs (dafür kann ich euch bürgen)
wurde nicht viel abgesessen,
bis er dahin gekommen war,
wo seine Freude ein Ende nahm.
Denn als er seine liebe Frau
erblickte, bot sich ihm
ein schmerzlicher Anblick dar:
Vor Kummer war aus ihren Wangen
die Rosenfarbe entwichen,
ihre ganze Schönheit war dahin.
So fand er sie totenbleich;
darüber verging auch ihm alle Freude.
Ein großes Klagen erhob sich,
denn daß zwei sich inniger liebten,
hatte man noch nie gesehen.

Der gute Sünder sprach:
‚Liebe Frau, was ist Euch nur?‘
Sie brachte kaum eine Antwort hervor,
denn Schluchzen erstickte ihr die Stimme.
Mit halben Worten sprach sie:

,herre, ich mac wol riuwec sîn.'
,waz wirret iu, liebiu vrouwe mîn?'
,herre, des ist alsô vil
daz ich ez gote klagen wil   2560
dáz ich ie zer werlde kam:
wande mir ist diu Sælde gram.
vervluochet was diu stunde
von unsers herren munde,
dâ ich inne wart geborn.
Unsælde hât ûf mich gesworn
und behaltet vaste an mir den eit,
wan mir ie tûsent herzenleit
wider ein liep sint geschehen.
herre, ir sult mir des verjehen   2570
von wannen ir geboren sît.
jâ wære ê gewesen zît
der vrâge die ich nû begân:
ich wæne ich sî verspætet hân.'

,Vrouwe, ich weiz wol waz ir klaget:
iu hât etewer gesaget
daz ich sî ein ungeboren man.
weste ich wer iuch dar an
alsus geleidet hæte,
ezn gelægen mîne ræte   2580
niemer unz ûf sînen tôt:
nû hel sich wol, des ist im nôt.
swer er ist, er hât gelogen:
ich bin von einem herzogen
vil endelîchen geborn.
ir sult mir volgen âne zorn
daz wir der rede hie gedagen:
ich enmac iu vürbaz niht gesagen.'

Sus antwurte im diu vrouwe dô:
,der rede enist niht, herre, alsô.   2590
jâ ensæhe ich den man

150

‚Herr, ich habe wohl Grund zur Trauer.'
‚Was verstört Euch, geliebte Frau?'
‚Ach Herr, das ist so viel!
Gott will ich es klagen,
je auf die Welt gekommen zu sein:
Das Glück hat etwas gegen mich.
Gott hat die Stunde verflucht,
in der ich geboren wurde.
Und das Unglück hat sich
gegen mich verschworen
und hält an diesem Eide fest;
denn mir geschah für jede Freude
noch immer tausendmal Herzeleid.
Herr, Ihr müßt mir jetzt
zu erkennen geben, woher Ihr stammt;
es wäre wirklich schon früher
für diese Frage Zeit gewesen:
Ich fürchte, ich komme mit ihr zu spät!'

‚Herrin, ich weiß, worüber Ihr klagt:
Es hat Euch jemand erzählt,
ich sei ein Mann von niedriger Herkunft.
Wüßte ich, wer Euch damit
so sehr bekümmert hat,
die Gedanken ließen mir keine Ruhe,
bis ich ihn getötet hätte.
Er möge sich hüten, das tut ihm not!
Wer es auch sei, er hat gelogen:
Denn es ist eindeutig erwiesen,
daß ich von einem Herzog stamme.
Doch seid nicht böse und willigt ein,
daß wir von dieser Sache schweigen —
mehr kann ich Euch hierzu nicht sagen.'

Da erwiderte ihm die Frau:
‚Nicht darum handelt es sich.
Dem würde ich weiß Gott

weizgot niemer lachende an,
der mir von iu sagete
daz iu niht behagete:
er envunde hie niht guot antwurt.
jâ vürhte ich, iuwer geburt
diu sî mir alze genôzsam.‘
die tavel sî her vür nam,
si sprach: ‚sît ir der man
(dâ enhelt mich niht an)   2600
von dém hie an geschriben stât?
sô hât uns des tiuvels rât
versenket sêle unde lîp:
ich bin iuwer muoter und iuwer wîp.‘

Nû sprechet wie dâ wære
dem guoten sündære.
er was in leides gebote.
sînen zorn huop er hin ze gote,
er sprach: ‚diz ist des ich ie bat,
daz got mich bræhte ûf die stat   2610
daz mir sô wol geschæhe
daz ich mit vreuden sæhe
mîne liebe muoter.
rîcher got vil guoter,
des hâst dû anders mich gewert
danne ich an dich hân gegert.
ich gertes in mînem muote
nâch liebe und nâch guote:
nû hân ich sî gesehen sô
daz ich des niemer wirde vrô,   2620
wande ich sî baz verbære
danne ich ir sus heimlich wære.‘

Ich weiz wol daz Jûdas
niht riuweger was
dô er sich vor leide hie
danne ouch diu zwei nû hie.

keinen freundlichen Blick mehr schenken,
der mir etwas über Euch sagte,
was Euch nicht gefiele:
Er bekäme von mir nichts Gutes zu hören.
Nein, viel eher fürchte ich,
Eure Geburt steht mir zu nahe!'
Sie nahm die Tafel hervor
und fragte: ‚Seid Ihr der Mann
(Ihr dürft es mir nicht verhehlen),
von dem hier geschrieben steht?
So hat uns der Beschluß des Teufels
an Leib und Seele zugrunde gerichtet:
Ich bin Eure Mutter und Euer Weib!'

Nun denkt euch, wie dem guten Sünder
da zumute war!
Der Schmerz überwältigte ihn.
Er erhob seinen Zorn gegen Gott
und sprach: ‚Beständig war dies mein Gebet,
Gott möge mich an die Stelle führen,
wo es mir beschieden wäre,
meine liebe Mutter
mit Freuden zu erblicken.
O mächtiger, barmherziger Gott,
so anders, als ich von dir begehrte,
hast du mir diese Bitte erfüllt!
Ich begehrte in meinem Herzen
ein Wiedersehen in Liebe und Güte —
nun aber bin ich ihr so begegnet,
daß es mich nie mehr freuen wird:
Ich wäre ihr besser fern geblieben,
als solcherart ihr nahe zu kommen.'

Ich bin überzeugt, daß Judas,
als er sich vor Leid erhängte,
nicht ärger verzweifelt war
als hier diese beiden.

ouch entrûrte Dâvît
nihtes mêre zuo der zît
dô im kâmen mære
daz erslagen wære   2630
Saul unde Jônathas
und Absalôn dér dâ was
sîn sun, der schœniste man
den wîp ze sun ie gewan.
swer ir jâmer und ir klagen
vol an ein ende solde sagen,
der müese wîser sîn danne ich.
ez wære ich wæne unmügelich
daz ez iu mit einem munde
iemen vól gesagen kunde.   2640
sich möhte vil nâch der tôt
gemâzet haben ze dirre nôt:
den hæten si, wære er in komen,
ze voller wirtschaft genomen.
in wâren diu beide
gesamnet in glîchem leide,
beidiu sêle unde lîp.
wâ veriesch ie man oder wîp
deheiner slahte swære
diu alsô garwe wære   2650
âne aller hande trôst?
diu sêle entsaz den hellerôst:
sô was der lîp in beiden
bekumbert umbe ir scheiden.
ez hât geschaffet diu gotes kraft
ein missemüete geselleschaft
diu doch samet belîbe
under sêle und under lîbe.
wan swaz dem lîbe sanfte tuot,
daz enist der sêle dehein guot: 2660
swâ mite aber diu sêle ist genesen,
daz muoz des lîbes kumber wesen.

154

Und auch die Trauer Davids
wird nicht größer gewesen sein,
als man ihm gemeldet hatte,
daß Saul und Jonathan
erschlagen worden seien
und Absalon, sein Sohn,
der schönste Mann, den je
ein Weib geboren hatte. —
Wer nun ihr Elend und ihren Schmerz
bis aufs letzte erzählen sollte,
müßte beredter sein als ich.
Es ist, glaube ich, unmöglich,
daß es euch überhaupt jemand
mit Worten wiedergeben kann.
Mit ihrer Not hätte sich beinahe
der Tod vergleichen können:
Wäre der erschienen, sie hätten ihn
gastlich willkommen geheißen.
Leib und Seele waren ihnen
vereint im gleichen Verhängnis:
Wo hätte man je von irgendeinem
schweren Geschick erfahren,
in dem es so gar keine Hoffnung gab?
Ihre Seelen wollten fliehen,
vor dem Höllenrost entsetzt;
und so, von der Seele verlassen,
wurde den beiden wiederum
ihr leibliches Dasein zur Qual.
Gottes Allmacht hat im Menschen
zwischen Leib und Seele
einen zwiespältigen, doch zugleich
unauflösbaren Bund geschaffen.
Denn was dem Leibe wohl behagt,
ist nirgends für die Seele gut;
was aber der Seele zum Heil wird,
kann für den Leib nur Mühsal sein.

nû liten si beidenthalben nôt:
daz was ein zwivalter tôt.

Diu vrouwe ûz grôzem jâmer sprach,
wan sî den jâmer ane sach:
,ouwê ich vervluochtez wîp!
jâ kumbert maneger den lîp,
daz des diu sêle werde vrô:
dem geschiht ouch alsô.   2670
sô bewiget sich manic man und wîp
der sêle umbe den lîp
und lebet in dirre werlde wol.
nû enmac ich noch ensol
mînem lîbe niht des gejehen
des im ze guote sî geschehen:
ist mir diu sêle nû verlorn,
sô ist der heize gotes zorn
vil gar ûf mich gevallen
als den vervluochten allen.   2680
mich wundert, nâch der missetât
die mir der lîp begangen hât,
daz mich diu erde geruochet tragen.
sun herre, muget ir mir sagen
(wan ir hábet der buoche vil gelesen):
möhte aber dehein buoze wesen
über sus gewante missetât,
— ob des nû ist dehein rât
(des ich wol muoz getrûwen)
ich enmüeze die helle bûwen, —   2690
dâ mite ich doch verschulde daz
daz sî mir doch sî etewaz
senfter danne maneges leben
der ouch der helle ist gegeben?'

,Muoter', sprach Grêgôrjus,
,gesprechet niemer mêre alsus:

156

Sie aber litten an beiden Teilen,
und das war ein zwiefacher Tod.

Die Herrin sah all ihr Leid vor Augen
und sprach in tiefem Schmerz:
,Weh, ich fluchbeladenes Weib!
Wie viele tun ihrem Leibe weh,
damit ihre Seele fröhlich werde —
und ihre Seele wird fröhlich!
Und umgekehrt: Wie viele lassen
dem Leib zuliebe die Seele verkümmern —
und genießen dafür die Freuden der Welt!
Nun kann und darf ich nicht behaupten,
es sei meinem Leibe wohl ergangen;
ist mir jetzt aber noch dazu
meine Seele zugrunde gerichtet,
so werde ich wie all die Verdammten
Gottes heißem Zorn
ganz und gar ausgeliefert sein.
Mich wundert nach den Missetaten,
die mein Leib begangen hat,
daß mich die Erde noch tragen mag.
Mein Sohn und Herr, könnt Ihr mir sagen
(denn Ihr habt aus vielen Büchern gelernt):
Wenn es nun nicht zu ändern ist
(und ich muß wohl damit rechnen),
daß die Hölle meine Bleibe sein wird —
kann es denn für solche Sünden
gar keine Buße geben,
durch die ich immerhin erreiche,
daß mir die Hölle ein wenig
erträglicher wird als so manchem anderen,
der ihr auch überantwortet ist?'

,Mutter', sagte Gregorius,
,so sollt Ihr nie mehr sprechen,

ez ist wider dem gebote.
niht verzwîvelt an gote:
ir sult harte wol genesen.
jâ hân ich einen trôst gelesen   2700
daz got die wâren riuwe hât
ze buoze über alle missetât.
iuwer sêle ist nie sô ungesunt,
wirt iu daz ouge ze einer stunt
von herzelîcher riuwe naz,
ir sît genesen, geloubet daz.
belîbet bî iuwerm lande.
an spîse und an gewande
sult ir dem lîbe entziehen,
gemach und vreude vliehen.   2710
ir ensult ez sô niht behalten
daz irs iht wellet walten
durch dehein werltlich êre,
niuwan daz ir deste mêre
gote rihtet mit dem guote.
jâ tuot ez wirs dem muote,
der guotes lebens wal hât
und er sich sîn âne begât,
danne ob es enbirt ein man
des er teil nie gewan.   2720
ir sît ein schuldec wîp:
des lât engelten den lîp
mit tegelîcher arbeit
sô daz im sî widerseit
des er dâ aller meiste ger:
sus habet in unz er iu wer
in der riuwen bande.
den gelt von iuwerm lande
den teilet mit den armen:
sô müezet ir gote erbarmen.   2730
bestiftet iuwer eigen,
swâ iuwer wîsen zeigen,

158

es ist gegen das Gebot.
Laßt die Hoffnung auf Gott nicht fahren:
Ihr werdet sicher gerettet.
Ich habe das tröstliche Wort gelesen,
daß Gott die wahre Reue
als Buße für jegliche Sünde annimmt.
So verdorben — glaubt mir das —
ist Eure Seele nie,
daß Ihr keine Rettung mehr fändet,
wenn nur einmal Euer Auge
von Tränen herzlicher Reue naß wird.
Bleibet hier in Euerm Lande.
Laßt Euern Leib hungern und frieren,
meidet Bequemlichkeit und Freude.
Ihr sollt das Land aber nicht behalten,
um es etwa im Sinne
weltlichen Ansehens zu regieren,
sondern allein, um mit euerm Besitz
Gott noch besser Genüge zu tun.
Gewiß, einen Menschen, dem das Leben
Freuden im Überfluß bietet,
kommt der Verzicht viel härter an,
als einen, der all diese Dinge
noch nie besessen hat.
Ihr seid mit schwerer Schuld beladen;
dafür laßt euren Leib
in täglicher Mühsal büßen,
indem Ihr ihm alles versagt,
was er am meisten begehrt:
Haltet ihn, solange er lebt,
in den Ketten der Reue.
Die Einkünfte Eures Landes
teilet mit den Armen:
So findet Ihr Gottes Barmherzigkeit.
Gründet rings in Euerm Erbland,
wo es der Rat der Ältesten angibt,

mit rîchen klôstern (daz ist guot):
sus senftet sînen zornmuot
den wir sô gar verdienet hân.
ich wil im ouch zu buoze stân.
vrouwe, liebiu muoter mîn,
diz sol diu jungest rede sîn
die ich iemer wider iuch getuo.
wir suln ez bringen dar zuo   2740
daz uns noch got gelîche
gesamene in sînem rîche.
ich engesihe iuch niemer mê:
wir wæren baz gescheiden ê.
dem lande und dem guote
und werltlîchem muote
dem sî hiute widerseit.'
hin tet er diu rîchen kleit
und schiet sich von dem lande
mit dürftigen gewande.   2750

Ez wâren dem rîchen dürftigen
alle gnâde verzigen,
wan daz er al sîn arbeit
mit willigem muote leit.
er gerte in sînem muote
daz in got der guote
sande in eine wüeste,
dâ er inne müeste
büezen unz an sînen tôt.
spilende bestuont er dise nôt.   2760
er schûhte âne mâze
die liute und die strâze
und daz blôze gevilde:
allez gegen der wilde
sô rihte der arme sîne wege.

reiche Klöster; das ist förderlich.
Damit lindert Ihr Gottes Zorn,
den wir hervorgerufen haben.
Auch ich will vor ihm Buße tun.
Herrin und geliebte Mutter,
für immer sollen dies
meine letzten Worte an Euch sein.
Laßt uns danach trachten,
daß Gott uns einst in seinem Reiche
miteinander vereint.
Ich werde Euch nimmer wiedersehen.
Es wäre besser gewesen,
wir hätten früher Abschied genommen.
Dem Land, dem Besitz und weltlichem Leben
sei von nun an abgesagt.'
Er zog seine Prachtgewänder aus
und verließ das Land
in eines Bettlers Kleid.

Dem adeligen Bettler
war jedes Glück versagt,
bis auf dieses, daß er willig
all seine Mühsal ertrug.
In seinem Herzen wünschte er,
es möge ihn der gnädige Gott
in eine Wüste senden,
in der er dann büßen würde
bis an seinen Tod.
Er nahm mit Freuden die Pein auf sich.
Ganz und gar mied er die Menschen,
die Straßen und das offene Feld;
immer nur durch die Wildnis
nahm er seinen Weg,
ein bettelarmer Mann.

er wuot diu wazzer bî dem stege.
mit marwen vüezen ungeschuoch
streich er walt unde bruoch
sô daz er sînes gebetes phlac
ungâz unz an den dritten tac. 2770

Nû gie ein stîc (der was smal)
nâhe bî einem sê ze tal.
den ergreif der lîplôse man
und gevolgete im dan
unz er ein hiuselîn gesach:
dar kêrte der arme durch gemach.
ein vischære hete gehûset dâ,
den dûhte daz niender anderswâ
daz vischen wæger wære.
den bat der riuwesære 2780
der herberge durch got.
von dem dulde er merren spot
danne er gewon wære.
als im der vischære
sînen schœnen lîp gesach,
er wegete daz houbet unde sprach:
‚jâ dû starker trügenære!
ob ez nû sô wære
daz ich der tôrheit wielte
daz ich dich vrâz behielte, 2790
sô næme dich, grôz gebûre,
der rede vil untûre,
sô ich hînte entsliefe und mîn wîp,
daz dû uns beiden den lîp
næmest umbe unser guot.
ouwê wie übel diu werlt tuot,
daz die liute under in
duldent solhen ungewin:
sô manegen unnützen mân
des got nie êre gewan, 2800

Er watete neben dem Steg durchs Wasser;
ohne Schuhe mit zarten Füßen
strich er durch Wald und Moor;
dabei sprach er seine Gebete —
ohne zu essen, drei Tage lang.

Nahe bei einem See
führte ein schmaler Pfad ins Tal.
Den ging der vom Leben Abgewandte,
bis er ein Häuschen erblickte;
und dort kehrte der Bettler ein,
um sich auszuruhen.
Ein Fischer, dem das Fischen
nirgendwo anders ergiebiger schien,
hatte sich hier niedergelassen.
Ihn bat der Büßende
in Gottes Namen um Unterkunft;
aber von ihm erlitt er
größeren Spott als je zuvor.
Denn kaum hatte der Fischer
seine edle Gestalt erblickt,
schüttelte er den Kopf und sprach:
,Ho, du schlimmer Betrüger!
So weit käme es noch,
daß ich die Torheit beginge,
dich Vielfraß zu behalten!
Du dicker Kerl, du würdest dich
nicht viel an deine Worte halten,
sondern mich und mein Weib
heute nacht im Schlaf umbringen,
um uns auszurauben.
Was richten die Menschen doch damit an,
daß sie in ihrer Mitte
solche Schädlinge dulden:
So viele unnütze Kerle,
die nichts zu Gottes Ehre tun,

und wüestent doch die liute!
ez wære ein breit geriute
ze dînen armen wol bewant:
ez zæme baz in dîner hant
ein houwe unde ein gart
danne dîn umbevart.
ez ist ein wol gewantez brôt
(daz dir der tiuwel tuo den tôt!)
daz dû vrâz verswendest.
wie dû dîn sterke schendest!   2810
rûme daz hûs vil drâte.'

Nû was ez harte spâte.
dô emphie der sündære
diz schelten âne swære
und mit lachendem muote.
sus antwurte im der guote:
,herre, ir habet mir wâr geseit.
swer guote gewarheit
im selben schaffet, daz ist sin.'
guoter naht wunschte er in   2820
und schiet lachende dan.
der vil wîselôse man
hôrte gérnè den spot
unde lobete sîn got:
der selben unwerdecheit.
swelh versmæcheit unde leit
sînem lîbe wære geschehen,
diu hete er gerne gesehen.
hete im der ungeborne
grôze slege von zorne   2830
über sînen rücke geslagen,
daz hete er gerne vertragen,
ob sîner sünden swære
iht deste ringer wære.

sondern nur die Leute plündern!
Für deine Arme wäre
ein breiter Acker gerade recht!
Eine Hacke und ein Treiberstecken
in der Hand stünden dir besser
als deine Bettelfahrt.
Was du an Brot vertilgst, du Freßsack
— daß dich der Teufel hole —,
das wäre mir schön verschwendet!
So eine Schande bei deiner Kraft!
Mach, daß du aus dem Haus kommst!'

Es war schon spät geworden.
Aber der Sünder nahm dies Schelten
ohne einen Kummer
und frohen Herzens an,
und so erwiderte ihm der Fromme:
,Herr, was Ihr mir gesagt habt, ist wahr;
es ist sehr gut, im eigenen Haus
für die nötige Sicherheit zu sorgen.'
Er wünschte ihnen gute Nacht
und zog heiter seines Wegs.
Gern hatte er den Spott gehört,
war er auch nun sich selbst überlassen;
und er dankte Gott dafür,
so schmählich behandelt worden zu sein.
Alles, was ihm an Schmach und Leid
dort widerfahren wäre,
hätte er gerne hingenommen;
selbst wenn dieser gewöhnliche Mann
ihm vor Zorn gewaltig
den Rücken verprügelt hätte,
so hätte er es willig erduldet,
damit womöglich die Last seiner Sünden
leichter geworden wäre.

Des übelen vischæres wîp
erbarmte sich über sînen lîp.
si bedûhte es daz er wære
niht ein trügenære.
des scheltens des in der man tete
umbe sîn dürfticlîche bete,   2840
des ervolleten ir diu ougen.
si sprach: ,des ist unlougen
er ensî ein guot man:
zewâre ich sihe ez im wol an.
got lâze dichs niht engelten:
dû hâst getân ein schelten
daz dînem heile nâhen gât.
dû weist wol daz dîn hûs stât
den liuten alsô verre.
swenne dich unser herre   2850
dîner sælden ermande
und dir sînen boten sande,
den soldest dû emphâhen baz
únd vil wol bedenken daz:
dir enkam dehein dürftige nie,
sît wir begunden bûwen hie,
niuwan dirre armman
der ouch niht vil dar an gewan.
swelh man sich alle tage
begân muoz von sînem bejage,   2860
als dû mit zwîvel hâst getân,
der solde got vor ougen hân:
daz tuo aber noch, daz râte ich dir,
sô helfe dir got und gunne mir
daz ich im ruofen müeze.
sîn vart diu ist unsüeze:
jâ engât er nie sô balde,
ern benahte in dem walde.
engezzent in die wolve niht,
daz aber vil lîhte geschiht,   2870

166

Das Weib des bösen Fischers
fühlte Mitleid mit ihm,
denn sie konnte sich nicht denken,
daß dies ein Betrüger sei.
Als ihr Mann ihn so schalt
wegen seiner bescheidenen Bitte,
füllten sich ihre Augen mit Tränen.
Sie sprach: ,Es ist nicht wahr,
daß dies kein frommer Mensch sein soll;
das sehe ich ihm wirklich an.
Gott möge dich nicht dafür bestrafen:
Du hast in einer Art gescholten,
daß es dein Seelenheil bedroht.
Du weißt doch, daß dein Haus
weitab von allen Leuten liegt.
Wenn dich jetzt unser Herrgott
an dein Seelenheil gemahnt
und dir seinen Boten geschickt hat,
solltest du ihn besser empfangen!
Wenn du es ernstlich überlegst:
Es kam noch nie ein Bettler hierher,
seitdem wir hier wohnen,
außer diesem armen Mann;
und nicht einmal er hat Hilfe gefunden.
Wer sich alle Tage
aufs Geratewohl von seinem Fang
ernähren muß wie du,
der sollte Gott vor Augen haben!
Ich rate dir, tu es noch jetzt,
so dir Gott helfe: Vergönne mir,
ihn noch einmal zu rufen.
Beschwerlich ist sein Weg,
und so beeilen kann er sich nie,
daß er nicht im Wald übernachten müßte.
Wenn ihn nicht die Wölfe fressen,
was leicht geschehen kann,

sô muoz er dâ ungâz ligen
und aller gnâden verzigen.
lâ mir daz ze gewalte
daz ich in noch behalte.'
sus gesenfte sî mit güete
dem vischære sîn gemüete,
daz er ir des gunde
daz sî dâ ze stunde
dem wîselôsen nâch lief
únd daz sî im her wider rief.   2880

Dô sî in her wider gewan,
dô was dem vischenden man
sîn âbentezzen bereit.
der grôzen unwirdecheit
die er âne aller slahte nôt
dem edeln dürftigen bôt,
der wolde in daz wîp ergetzen
und begunde im vür setzen
ir aller besten spîse.
die versprach der wîse,   2890
swie vil sî in genôte.
ein ranft von haberbrôte
wart im dar gewunnen
unde ein trunc eines brunnen.
alsô sprach er wider daz wîp
daz kûme sîn sündec lîp
der spîse wert wære.
dô in der vischære
die kranken spîse ezzen sach,
dô schalt er in áber unde sprach: 2900
‚ouwê daz ich diz sehen sol!
jâ erkenne ich trügenære wol
und alle trügewîse.
dû enhâst sô kranker spîse
dich niht unz her begangen.

168

muß er da hungernd liegenbleiben
und alles Elend auf sich nehmen.
Darum laß mich ihn
doch noch hier behalten.'
So besänftigte sie
mit Güte die Stimmung des Fischers,
bis er ihr zugestand,
daß sie dem hilflos Irrenden
doch geschwind noch nacheilte
und ihn wieder herrief.

Als sie ihn wiedergebracht hatte,
machte sie dem Fischer
das Abendessen fertig.
Und um die arge Schmähung,
die er dem hochgeborenen Bettler
ohne jeden Grund geboten,
wiedergutzumachen,
ging sie daran, dem Gast
ihr allerbestes Essen zu reichen.
Doch er besann sich und lehnte ab,
wie sehr sie ihn auch nötigte.
Daraufhin brachte sie ihm
einen Kanten Haferbrot
und Brunnenwasser zum Trinken.
Auch jetzt noch sprach er zur Frau,
sein sündiger Leib sei kaum
einer solchen Speise wert.
Als der Fischer ihn
dies kärgliche Mahl verzehren sah,
höhnte er wieder und sprach:
,O weh, daß ich dies mit ansehen muß!
Ich weiß genau Bescheid mit Schwindlern
und mit allen Schwindeleien!
Wegen einer so dürftigen Mahlzeit
bist du nicht bis zu uns gelaufen.

ez enschînet an dînen wangen
weder durst noch hungers nôt:
diu sint sô veiz und sô rôt.
ezn gesach nie man noch wîp
deheinen wætlîchern lîp: 2910
den hâst dû niht gewunnen
von brôte noch von brunnen.
dû bist gemestet harte wol,
dîn schenkel sleht, dîn vüeze hol,
dîn zêhen gelîmet unde lanc,
dîn nagel lûter unde blanc.
dîn vüeze solden unden
breit sîn und zeschrunden
als einem wallenden man.
nû enkiuse ich dînen schenkeln an   2920
deheinen val noch stôz:
si ensint niht lange gewesen blôz.
wie wol si des bewart sint
daz si vrost oder wint
iender habe gerüeret!
sleht und unzevüeret
ist dîn hâr und dîn lîch
einem gemasten vrâze gelîch.
dîn arme und dîn hende
stânt âne missewende: 2930
die sint sô sleht und sô wîz:
dû hâst ir anderen vlîz
an dîner heimlîche
dan dû hie tuost gelîche.
ich bin des âne sorgen
dûne beginnest dich morgen
dirre nôt ergetzen.
dû kanst dich baz gesetzen,
dâ dû ez veile vindest,
dâ dû wol überwindest   2940
weizgot alle dîne nôt,

An deinen Wangen sieht man nichts
von Durst oder Hungersnot,
so feist und rot sind sie.
Kein Mensch hat noch je
eine stattlichere Gestalt gesehen!
Die hast du dir nicht angeschafft
nur mit Brot und Wasser.
Du bist sehr gut im Futter,
hast gerade Schenkel, gewölbte Füße,
lange, beisammen liegende Zehen,
und deine Nägel sind sauber und blank.
Deine Füße müßten unten
wie bei einem Pilgersmann
breit und rissig sein!
An deinen Beinen bemerke ich
nichts von Fall oder Stoß.
Du trägst sie noch nicht lange entblößt –
wie gut sind sie vor jeder
Berührung mit Frost und Wind
bisher bewahrt geblieben!
Dein Haar ist glatt und gepflegt,
und dein Körper gleicht
einem gemästeten Vielfraß.
Deine Arme und deine Hände
sind frei von allen Spuren;
sie sind so weiß und ebenmäßig,
daß du sie in deinem Versteck
sicher anders schonst,
als du es uns hier vormachst.
Ich habe keine Sorge,
daß du dich für die heutigen Leiden
nicht morgen bereits entschädigen wirst.
Du weißt schon einen besseren Platz,
wo sich dir alles bietet,
womit du deine ganze Not
weiß Gott leicht verschmerzen kannst,

dâ diz dürre haberbrôt
und dirre brunne wære
dînem munde unmære.'

Dise rede emphie der guote
mit lachendem muote
und woldes geniezen wider got
daz er leit sô grôzen spot
von alsô swacher geburt.
er engap im dehein antwurt   2950
unz ûf die stunde
daz er in begunde
vrâgen der mære
waz mannes er wære.
er sprach: ,herre, ich bin ein man
daz ich niht ahte wizzen kan
mîner süntlîchen schulde
und suoche umb gotes hulde
ein stat in dirre wüeste,
ûf der ich iemer müeste   2960
büezen unz an mînen tôt
vaste mit des lîbes nôt.
ez ist hiute der dritte tac
daz ich der werlde verphlac
und allez nâch der wilde gie.
ichn versach mich niht hie
gebiuwes noch liute.
sît daz mich hiute
mîn wec zuo iu getragen hât,
sô suoche ich gnâde unde rât.   2970
wizzet ir iender hie bî
ein stat diu mir gevellic sî,
einen wilden stein oder ein hol,
des bewîset mich: sô tuot ir wol.'

Der vischære antwurte im alsô:
,sît dû des gerst, vriunt, sô wis vrô.

172

und wo dies trockene Haferbrot
und dieses Brunnenwasser
deiner Zunge zuwider wäre.'

Der fromme Mann nahm diese Rede
heiteren Sinnes an und hoffte,
Gott werde ihm zugute rechnen,
daß er diesen Schimpf
von so niedrigem Volk ertrug.
Er gab ihm keine Antwort
bis zu dem Augenblick,
da der Fischer ihn
auszufragen begann,
wer er sei; da erwiderte er:
,Herr, ich bin ein Mann,
der das Ausmaß seiner Sünden
nicht überblicken kann,
und suche, um Gnade vor Gott zu finden,
in dieser Wüste einen Ort,
wo ich bis zu meinem Tod
am Körper alle Not erleiden
und so von Grund auf büßen kann.
Heute ist der dritte Tag
meiner Abkehr von den Menschen
und meiner Wanderung in die Wildnis.
Ein Anwesen oder Leute
hatte ich hier nicht erwartet.
Da mich aber nun einmal
mein Weg zu euch geführt hat,
möchte ich Rat und Hilfe erbitten.
Wißt ihr irgendwo in der Nähe
eine geeignete Stätte für mich,
einen einsamen Felsen, eine Höhle,
so zeigt mir den Ort; es würde mich freuen.'

Der Fischer erwiderte ihm: ,Mein Freund,
wenn du das verlangst, sei unbesorgt!

dêswâr ich bringe dich wol hein.
ich weiz hie bî uns einen stein,
ein lützel über disen sê:
dâ mac dir wol werden wê.
swie wir daz erringen
daz wir dich dar bringen,
dâ maht dû dich mit swæren tagen
dînes kumbers wol beklagen.
er ist dir genuoc wilde.
wárt des ie dehein bilde
daz dîn muot ze riuwe stât,
sô tuon ich dir einen ganzen rât.
ich hân ein îsenhalten
nû lange her behalten:
die wil ich dir ze stiure geben,
daz dû bestætest dîn leben
ûf dem selben steine.
die sliuz ze dînem beine.
geriuwet dich danne der wanc,
sô muost dû under dînen danc
doch dar ûfe bestân.
ez ist der stein alsô getân,
swer joch ledige vüeze hât,
daz er unsanfte dar abe gât.
sî dir nû ernest dar zuo,
sô ganc slâfen und wis vruo,
dîn îsenhalten nim zuo dir,
sitze an mîn schef zuo mir,
sô ich vor tage vischen var.
ich kêre durch dîn liebe dar
und hilfe dir ûf den stein
und behefte dir dîniu bein
mit der îsenhalten,
daz dû dâ muost alten
und daz dû wærlîche
ûf disem ertrîche

Ich bringe dich schon in ein Zuhause:
Ich weiß in der Nähe einen Felsen,
ein Stückweit über diesen See,
da mag es dir leidlich übel gehen.
Gelingt es uns, dich hinaufzuschaffen,
so findest du dort Gelegenheit,
eine beschwerliche Zeit lang
über deine Seelennöte zu klagen!
Der Fels ist trostlos genug für dich.
Und hast du dir schon in den Kopf gesetzt,
dich der Buße zu widmen,
so weiß ich dafür das wahre Mittel:
Seit langer Zeit besitze ich
ein paar eiserne Beinschellen;
die will ich dir zum Halt mitgeben,
damit du dich auf jenem Stein
recht dauerhaft befestigen kannst,
du mußt sie dir nur um die Beine schließen.
Falls dich dein Schritt gereuen sollte,
so wirst du wohl oder übel
doch da oben bleiben müssen;
der Fels ist nämlich so geformt,
daß man sogar mit freien Füßen
nur schwer herunterkommt.
Ist es dir also ernst,
so gehe nun schlafen und steh früh auf,
nimm dann deine Beinschellen mit
und setze dich zu mir ins Boot,
wenn ich vor Tage zum Fischen fahre.
Ich rudere dir zuliebe hinüber,
helfe dir auf den Felsen hinauf
und schließe dir deine Beine
so mit der Eisenschelle fest,
daß du dort alt werden mußt
und daß du mich ganz gewiß
— die Sorge bin ich wenigstens los —

mich niemer gedrangest.
des bin ich gar âne angest.‘
swie erz mit hônschaft tæte,
sô wâren im die ræte
rehte als er wünschen wolde,
ob er wünschen solde.

Nû was der únguote man
harte strenge dar an   3020
daz er im deheines gemaches
sô vil sô des obedaches
in sînem hûse engunde.
sîn wîp im enkunde
mit allen ir sinnen
daz niht an gewinnen
daz er dar inne wære beliben.
er wart in hundes wîs getriben
an den hof vür die tür.
dâ gie er vrœlîchen vür.   3030
des nahtes wart er geleit
wider sîner gewonheit
in ein sô armez hiuselîn
daz ez niht armer enmöhte sîn:
daz was zevallen, âne dach.
man schuof dem vürsten solhen gemach
der vil gar unmære
sînem aschman wære.
er vant dar inne swachen rât,
weder strô noch bettewât: 3040
im truoc daz guot wîp dar in
ein lützel rôres under in.
dô leite er gehalten
sîne îsenhalten
und sîne tavele dar zuo,
dáz er si vunde morgen vruo.

176

auf dieser Erde hier
nie mehr belästigen wirst.'
Zwar sprach er das in bitterem Hohn,
dem andern aber war der Vorschlag
geradezu willkommen;
nichts hätte er sich lieber gewünscht.

Der mißgünstige Fischer
blieb unerbittlich dabei,
ihm nicht einmal einen Platz
für die Unterkunft
in seinem Hause zu gönnen.
Auch die Frau vermochte
bei aller Überredungskunst
nicht zu bewirken, daß der Bettler
drinnen bleiben durfte.
Er wurde wie ein Hund
vor die Tür auf den Hof getrieben —
und dennoch blieb er frohgemut.
Er mußte sich für diese Nacht
entgegen seiner Gewohnheit
in eine so ärmliche Hütte legen,
wie es keine zweite gab:
baufällig war sie und ohne Dach.
Hier wurde nun dem Herrscher des Landes
ein Ruhelager bereitet,
das seinem letzten Hofknecht
zuwider gewesen wäre.
Er fand nur kümmerlichen Hausrat,
Stroh oder Bettzeug gab es nicht;
doch schleppte ihm die gütige Frau
ein wenig Schilfrohr als Lager herbei.
Darin verbarg er behutsam
die Eisenschellen und seine Tafel,
damit er sie morgens wiederfände.

Wie lützel er die naht lac!
sînes gebetes er phlac
unz in diu müede übergie.
dô er ze slâfe gevie,   3050
dô was ez nâhen bî dem tage.
dô vuor der vischære nâch bejage:
dar zuo was er vruo bereit
nâch sîner gewonheit.
nû ruofte er sînem gaste:
dô slief er alsô vaste,
als ez von grôzer müede kam,
daz er sîn rüefen niht vernam.
dô ruofte er im anderstunt,
er sprach: ,mir was ê wol kunt   3060
daz disem trügenære
der rede niht ernest wære.
ichn gerüefe dir niemer mê.'
alsus gâhte er zuo dem sê.

Dô diz daz guot wîp ersach,
si wahte in ûf unde sprach:
,wil dû varen, guot man,
sich, dâ sûmest dû dich an.
mîn wirt wil varen ûf den sê.'
dô enwart dâ niht gebiten mê.   3070
er vorhte im grôzer swære,
daz er versûmet wære:
dâ wider wart er aber dô
sînes muotes harte vrô,
daz er in solde vüeren hin
als er gelobete wider in.
diu liebe und diu leide
die macheten im beide
ze sînem gâhenne daz
daz er der tavele vergaz   3080
die er zallen zîten

Wie wenig ruhte er in dieser Nacht!
Er versenkte sich ins Gebet,
bis ihn die Müdigkeit überkam.
Und als er endlich einschlief,
war schon der Anbruch des Tages nahe.
Da zog der Fischer auf Fang aus;
früh hatte er sich aufgemacht,
wie er es immer tat.
Er rief nach seinem Gaste,
aber der schlief so fest
vor großer Müdigkeit,
daß er sein Rufen nicht vernahm.
Da rief er ihm ein zweites Mal
und sagte: ,Ich habe gleich gewußt,
daß es diesem Schwindler
mit seiner Rede nicht ernst sein würde.
Noch länger rufe ich dir nicht!'
Damit eilte er fort an den See.

Als seine fromme Frau das sah,
weckte sie Gregorius auf
und sprach: ,Hör zu, wenn du mitfahren willst,
guter Freund, ist es höchste Zeit!
Mein Mann bricht gerade auf!'
Da gab es kein Verweilen mehr,
denn er befürchtete mit Schmerzen,
er könnte zurückbleiben müssen.
Gleich darauf aber wurde er
wieder froh bei dem Gedanken,
daß ihn der Fischer ja hinführen mußte,
weil er es ihm versprochen hatte.
Dies Frohgefühl und jene Besorgnis
waren beide schuld daran,
daß er in lauter Eile
seine Tafel vergaß,
die er unentwegt

truoc bî sîner sîten.
die îsenhalten truoc er dan
unde gâhte nâch dem man.

Er ruofte durch got daz er sîn bite.
alsus vuorte er in mit unsite
ûf jenen wilden stein:
dâ beslôz er im diu bein
vaste in die îsenhalten.
er sprach: ,hie muost dû alten.   3090
dich envüere mit sînen sinnen
der tiuvel von hinnen,
dû enkumest hin abe niemer mê.'
den slüzzel warf er in den sê.
er sprach: ,daz weiz ich âne wân,
swenne ich den slüzzel vunden hân
ûz der tiefen ünde
sô bist dû âne sünde
unde wol ein heilic man.'
er lie in dâ und schiet er dan.   3100

Der arme Grêgôrjus,
nû beleip er álsus
ûf dem wilden steine
aller gnâden eine.
er enhete andern gemach,
niuwan der himel was sîn dach.
er enhete deheinen scherm mê
vür rîfen noch vür snê,
vür wint noch vür regen
niuwan den gotes segen.   3110
im wâren kleider vremede,
niuwan ein hærîn hemede:
im wâren bein und arme blôz.
er enmöhte der spîse die er nôz,
als ich iu rehte nû sage,

180

bei sich getragen hatte.
Nur die Fesseln nahm er mit
und rannte so dem Fischer nach.

Er rief ihm zu, er solle doch
in Gottes Namen auf ihn warten.
Mürrisch ruderte ihn der Fischer
zu jenem verlassenen Felsen hinüber,
schloß ihm die Beine fest in die Schellen
und sprach: ‚Hier darfst du dein Alter erwarten!
Wenn dich nicht der Teufel
durch seine Künste hinwegführt,
so kommst du hier nie mehr herunter!‘
Dann warf er den Schlüssel in den See
und rief: ‚Das eine weiß ich sicher:
Wenn ich aus der tiefen Flut
je den Schlüssel wiederfinde,
so bist du ohne Sünde
und gewiß ein heiliger Mann!‘
So ließ er ihn stehen und ruderte fort.

Der arme Gregorius
blieb nun also zurück
auf dem einsamen Felsen,
ohne alle Hilfe.
Er besaß kein Schlafgemach,
sein Dach war allein der Himmel.
Gegen Reif und Schnee,
gegen Wind und Regen
schützte ihn nichts
als nur die Gnade Gottes.
Außer einem leinenen Hemd
hatte er keine Kleider;
seine Arme und Beine waren bloß.
Von dem, was er zu sich nahm,
— ich sage euch die reine Wahrheit —

weizgot vierzehen tage
vor dem hunger niht geleben,
im enwære gegeben
der trôstgeist von Kriste
der im daz leben vriste,   3120
daz er vor hunger genas.
ich sage iu waz sîn spîse was.
ez seic ûz dem steine
wazzers harte kleine.
dar under gruop er ein hol:
daz wart mit einem trunke vol.
ez was sô kleine daz ez nâch sage
zwischen naht unde tage
vil kûme vollez geran.
daz tranc der gnâdelôse man.   3130
sus lebete er sibenzehen jâr.
daz dunket manegen niht wâr:
dés gelouben velsche ich.
wan gote ist niht unmügelich
ze tuonne swaz er wil:
im ist deheines wunders ze vil.

Dô der gnâden eine
ûf dem wilden steine
sibenzehen jâr gesaz
unde got an im vergaz   3140
sîner houbetschulde
unz ûf sîne hulde,
dô starp, als ich ez las,
der dô ze Rôme bâbest was.
alse schiere dô er starp,
ein ieglich Rômære warp
besunder sînem künne
durch des guotes wünne

hätte er weiß Gott vor Hunger
keine zwei Wochen mehr leben können,
hätte ihm nicht Christus
den Geist des Trostes gesandt,
der ihn vor dem Verhungern bewahrte
und so am Leben erhielt.
Wovon er sich nährte, will ich euch sagen:
Es tropfte aus dem Felsen
ganz schwach ein wenig Wasser;
darunter grub er eine Mulde,
die es auffing zu einem Trunk.
Die Quelle floß, nach dem Bericht,
nur spärlich: Von einem Tag zum andern
lief die Mulde kaum einmal voll.
Dies Wasser trank der hilflose Mann,
und davon lebte er siebzehn Jahre.
Vielen mag scheinen, das sei nicht wahr.
Doch ich sage, daß sie irren:
Für Gott ist ja nichts unmöglich;
was er will, vermag er zu tun,
und kein Wunder ist ihm zu groß.

Als der Unglückselige
siebzehn Jahre lang
auf dem verlassenen Felsen gelebt,
als ihm Gott seine schwere Schuld
vergeben hatte und ihm nun
gnädig zugeneigt war,
starb der Papst in Rom,
wie ich geschrieben las.
Kaum war er aus dem Leben gegangen,
bemühte sich jeder Römer,
dieses große Amt,
zu dem so herrlicher Reichtum gehörte,

umbe den selben gewalt.
ir strît wart sô manicvalt
daz si beide durch nît
unde durch der êren gît
bescheiden niene kunden
wem si des stuoles gunden.
nû rieten si über al
daz si liezen die wal
an unseren herren got,
daz sîn gnâde und sîn gebot
erzeigete wer in wære
guot ze rihtære.
dienstes si im gedâhten
daz si ouch volbrâhten
mit almuosen und mit gebete.
got dô genædeclîchen tete
der ie der guoten vrâge riet.
eines nahtes er beschiet
wîsen Rômæren zwein,
an den sô volleclîchen schein
diu triuwe und die wârheit
daz ir wort was ein eit.

Dâ si besunder lâgen
und ir gebetes phlâgen,
diu gotes stimme sprach in zuo
daz si des næhsten tages vruo
Rômære zesamene bæten
und in daz kunt tæten
waz gotes wille wære
umbe ir rihtære.
ez wære gesezzen eine
ûf einem wilden steine
ein man in Equitânjâ
(den enweste nieman dâ)
vol sibenzehen jâr:

für die eigene Sippe zu gewinnen.
Der Streit nahm solche Formen an,
daß sie vor Neid und Ehrsucht
nicht zu entscheiden wußten,
wem nun der Heilige Stuhl
anvertraut werden sollte.
Endlich beschlossen sie allesamt,
Gott unserm Herrn
die Wahl zu überlassen,
damit er ihnen durch ein Gebot
gnädig verkünden möge,
wer sich als ihr Oberhaupt eigne.
Sie nahmen sich vor, Gott zu dienen,
und taten es, indem sie
Almosen gaben und beteten.
Da erzeigte sich Gott barmherzig,
der stets den Anruf der Frommen erhört:
Er gab zwei altangesehenen Römern,
deren Geradheit und Ehrlichkeit
so hell zutage lag,
daß ihr Wort einem Eide gleichkam,
eines Nachts den klaren Bescheid.

Während sie, ein jeder für sich,
lagen und beteten,
sprach die Stimme Gottes zu ihnen,
sie sollten am nächsten Morgen
die Römer zusammenrufen
und ihnen folgendes verkünden —
denn das sei Gottes Wille
bei der Wahl ihres geistlichen Hauptes:
Im Lande Aquitanien
sitze auf einem einsamen Felsen
schon seit siebzehn Jahren
ganz allein ein Mann,
von dem dort niemand wisse.

185

zuo dem wære vür wâr
der stuol vil wol bewant
und wære Grêgôrjus genant.
daz erz in beiden tete kunt,
daz meinde daz eines mannes munt
niht enmac erziugen wol
swaz grôze kraft haben sol.   3190
nû enweste ir deweder niht
umbe dise geschiht
daz in diu rede beiden
des nahtes wart bescheiden,
unz si zesamene kâmen
und ez under in vernâmen.
unde als sî getâten
als sie vernomen hâten,
dô einer sîne rede gesprach
und der ander mite jach,   3200
dô geloubeten Rômære
vil gerne disiu mære:
ze gote wâren sî vil vrô.
die alten herren wurden dô
ze boten beide gesant
in Equitânjam daz lant,
daz si den guoten man
suochten unde in bræhten dan.

Nû bekumberte si daz:
der stein dâ er ûfe saz   3210
der enwart in niht benant.
mit zwîvel vuoren si in daz lant.
dâ gevorschten si genuoc,
swâr sî ir wec truoc:
nû enkunde in nieman gesagen.
daz begünden sî von herzen klagen
dem der in beruochet
der gnâde an in suochet.

Diesem komme in Wahrheit
der Thron des Papstes zu;
sein Name sei Gregorius.
Daß Gott sich beiden offenbarte,
besagte, daß ein Mund allein
nicht so gültig bezeugen kann,
was Kraft und Wirkung haben soll.
Keiner von ihnen wußte,
daß auch dem anderen
in dieser Nacht dasselbe
verkündet worden war,
bis sie beide zusammenkamen
und einer es vom andern erfuhr.
Und als sie nun taten,
wie ihnen geheißen war,
indem der eine berichtete,
der andere die Bestätigung gab,
da glaubten die Römer
dieser Kunde mit Freuden
und jubelten zu Gott.
Die beiden vornehmen Alten
wurden als Boten ausgesandt
in das Land Aquitanien:
Dort sollten sie den frommen Mann
suchen und den Römern bringen.

Es bedrückte sie, daß ihnen der Fels,
auf dem Gregorius lebte,
nicht benannt worden war.
So ritten sie ratlos in jenes Land.
Wohin der Weg sie führte,
da forschten sie eifrig nach;
doch niemand wußte Bescheid.
Das klagten sie von Herzen dem,
der einen jeden erhört,
welcher um seine Hilfe fleht.

nû gesande in got in ir sin,
solden si iemer vinden in,

daz man in danne müeste
suochen in der wüeste.
sús begunden si gâhen,
dâ si daz gebirge sâhen,
in die wilde zuo dem sê.
der zwîvel tet in harte wê
daz si niht wizzen kunden
wâ sî in vunden.
dô wîste sî diu wilde
ze walde von gevilde.

sus vuor diu wegelôse diet,
als in ir gemüete riet,
irre unz an den dritten tac.
einen stîc âne huofslac
den ergriffen si dô:
des wurden sî harte vrô.
der grasige wec ungebert
der truoc si verre in einen wert,
dâ der vischære bî dem sê
saz, dâ von ich iu sagete ê,

der den sælderîchen
sô ungezogenlîchen
in sînen dürften emphie
und die übele an im begie
daz er in durch sînen haz
sazte, dâ er noch saz,
ûf den dürren wilden stein
und im dâ sîniu bein
slôz in die îsenhalten.
dô die zwêne alten

daz hiuselîn gesâhen,
ze sælden sî des jâhen
dáz si dâ nâch ir unmaht
geruowen müesen die naht.

Und Gott gab ihnen ein,
wenn sie den Verheißenen
jemals finden wollten,
so müßten sie ihn in der Wildnis suchen.
Also wandten sie ihre Pferde
rasch dem Gebirge zu,
gegen das Ödland und den See.
Dennoch quälte es sie,
kein Ziel zu haben und nicht zu wissen,
wo der Gesuchte zu finden sei.
Aus den Feldern gelangten sie
durch das Ödland in den Wald;
dort irrten sie ohne Weg umher,
nur von ihrem Gefühl geleitet,
bis zum dritten Tage.
Doch dann, zu ihrer größten Freude,
stießen sie auf einen Pfad,
der ohne Hufspuren war,
unzertreten und grasüberwachsen.
Der führte sie an jene Landzunge,
auf welcher der Fischer wohnte,
von dem ich erzählt habe:
Er war es, der den begnadeten Mann
in seiner Bedürftigkeit
so grob empfangen hatte;
und von Bosheit getrieben
hatte er die Untat vollbracht,
ihn auf den kargen, einsamen Fels
zu setzen, auf dem er noch immer saß,
und ihm dort seine Beine
in die Eisenschellen zu schließen.
Als die beiden Alten
nun die Hütte erblickten,
priesen sie es als gnädige Fügung,
daß sie in ihrer Mattigkeit
hier die Nacht über ruhen durften.

Gevüeret hâten sî mit in
die spîse (daz was ein sin)
der sie bedorften zuo der nôt,
beidiu wîn unde brôt
und dar zuo swaz in tohte
daz man gevüeren mohte.   3260
des emphie der vischære
mit vreuden âne swære
die wol berâten geste.
er sach wol unde weste
er möhte ir wol geniezen:
des enwolde in niht verdriezen,
er enschüefe in rîchen gemach,
wande er si wol berâten sach.
daz tet er mêre umbe ir guot
dan durch sînen milten muot.   3270
er emphie sî baz danne den gast
dem des guotes gebrast,
Grêgôrjum den reinen man:
in dûhte dâ enwære niht nutzes an.

Dô si gewunnen guoten gemach,
der vischære zuo den gesten sprach:
,mir ist harte wol geschehen,
sît ich hie solde gesehen
alsô guote liute:
ich hân gevangen hiute   3280
einen harte schœnen visch.‘
sus wart er ûf einen tisch
vür die herren geleit.
nû enhâte er niht misseseit,
wande er was lanc unde grôz:
des er vil gerne genôz
an den phenningen.
dâ wart ein kurzez dingen:
sie hiezen in im gelten sâ.

Sie hatten vorsorglich
so viel zu essen mitgenommen,
daß es für alle Fälle reichte,
Wein und Brot; dazu
alles mögliche, was man sonst
an Nützlichem mitnehmen konnte.
Wohl versorgt, wie sie waren,
empfing der Fischer seine Gäste
mit Freuden und Entgegenkommen.
Denn er merkte recht gut,
daß sie ihm etwas einbringen konnten;
und ihre Wohlhabenheit betrachtend
ließ er sich's nicht verdrießen,
es ihnen besonders behaglich zu machen —
nicht so sehr aus Gastfreundschaft,
als ihres Besitzes wegen.
Er empfing sie besser
als einst den Fremden, der nichts besaß,
den reinen Büßer Gregorius:
Das war ihm damals nutzlos erschienen.

Als sie bequem in der Stube saßen,
sprach der Fischer zu seinen Gästen:
,Ich habe großes Glück,
daß so vornehme Leute
zu mir gekommen sind:
Gerade heute habe ich
einen prächtigen Fisch gefangen.'
Damit legte er ihn
auf den Tisch vor die Herren,
und in der Tat, er hatte recht:
Es war ein langer, dicker Fisch,
und er hätte ihn sehr gern
in Münze umgesetzt.
Da wurde nicht lange gehandelt:
Die Gäste ließen durch ihre Diener

nû bâten sî in dâ
den wirt selben gellen.
dô begunde er in zevellen,
daz si ez alle sâhen an.
dô vant der schazgîre man
den slüzzel in sînem magen,
von dem ir ê hôrtet sagen,
dâ er Grêgôrjum mite
beslôz mit unsüezem site
vor sibenzehen jâren ê
unde warf in in den sê
und sprach, ze swelher stunde
er den slüzzel vunde
ûz des meres ünde,
sô wære er âne sünde.
dô er in in dem vische vant,
dô erkande er sich zehant
wie er getobet hâte
und vie sich alsô drâte
mit beiden handen in daz hâr.
ich hete im geholfen vür wâr,
und wære ich im gewesen bî,
swie erbolgen ich im anders sî.
dô er sich geroufte genuoc
und sich ze den brüsten gesluoc,
dô vrâcten in die herren
waz im möhte gewerren,
dô si in sô tiure sâhen klagen.
nû begunde er in vil rehte sagen
umbe Grêgôrjum sînen gast,
daz in des mæres niht gebrast.
ich wæne ez unnütze wære,
ob ich daz vorder mære
iu nû aber anderstunt
mit ganzen worten tæte kunt:
sô würden einer rede zwô.

den Wirt bezahlen und baten ihn,
selber den Fisch auszunehmen.
Also begann er, ihn zu zerlegen,
und alle schauten dabei zu.
Da fand der geldgierige Mensch
im Magen des Fisches jenen Schlüssel,
mit dem, wie ihr gehört habt,
der Fischer einst Gregorius
vor siebzehn Jahren so niederträchtig
angeschlossen hatte.
Darauf hatte er den Schlüssel
ins Wasser geworfen und ausgerufen,
wenn er ihn aus der Meeresflut
jemals zurückbekommen sollte,
so sei Gregorius ohne Sünde.
Als er ihn nun im Fische fand,
erkannte er mit einem Mal,
wie er verblendet gewesen war,
und fuhr sich ungestüm
mit beiden Händen in das Haar.
Wie sehr ich ihm sonst auch zürne,
hierbei hätte ich ihm geholfen,
wäre ich nur dabei gewesen.
Als er sich derart die Haare raufte
und an die Brust schlug,
fragten ihn die Herren,
was ihn denn so verwirre,
daß er so auffällig jammere.
Da sagte er ihnen geradeheraus
und lückenlos die ganze Geschichte
von seinem Gast Gregorius.
Ich glaube, es wäre überflüssig,
euch das früher schon Mitgeteilte
hier nun Wort für Wort
noch ein zweites Mal zu erzählen:
Es wäre wirklich nur Wiederholung.

die boten wurden harte vrô,
wan si spürten an dem mære
daz ez der selbe wære
an den in got selbe riet
und in ze bâbest beschiet.   3330

Dô er in beiden gelîche
alsô offenlîche
sîne bîhte getete,
ir vüeze suochte er mit bete,
daz si im etelîchen rât
tæten vür die missetât.
dô si daz grôze riuwen
mit geistlîchen triuwen
gesâhen an dem armen,
nû begunde er sî erbarmen   3340
und gehiezen sî im daz,
er möhte vil deste baz
komen von sînem meine,
ob er si zuo dem steine
des morgens wolde wîsen.
nû sâhen im die grîsen
diu ougen über wallen,
die heizen zeher vallen
über sînen grâwen bart.
er sprach: ‚waz touc uns diu vart?   3350
vil wol wîse ich iuch dar:
die vart verliese wir gar.
ich weiz wol, er ist nû lange tôt.
ich lie in in maneger nôt
ûf dem wilden steine:
hæte er der niuwan eine,
ez enmöhte dehein lîp erwern.
ir endürfet gedingen noch gern
daz wir in lebenden vinden:
enwære er von kalten winden   3360

194

Die Boten freuten sich sehr,
denn sie ahnten, daß hier
von dem Mann die Rede sei,
zu dem Gott sie gewiesen
und den er zum Papst erkoren hatte.

Nachdem der Fischer den beiden
alles so unverhohlen
vorgebeichtet hatte,
warf er sich ihnen zu Füßen,
indem er sie um Hilfe anrief
wegen seiner Freveltat.
Als sie sahen, daß der Arme
in gläubiger Aufrichtigkeit
seine Tat bereute,
erbarmten sie sich seiner
und versicherten ihm,
daß er von seinem Frevel
leichter loskommen werde,
wenn er sie am nächsten Morgen
zu dem Felsen ruderte.
Da sahen die beiden Greise,
wie er in Weinen ausbrach
und wie ihm die heißen Tränen
in seinen grauen Bart liefen.
Er sprach: ,Was nützt uns die Fahrt?
Ich will euch gerne hinüber bringen,
aber wir machen den Weg umsonst,
denn ich weiß, er ist längst tot.
Ich habe ihn auf dem kahlen Felsen
in so vielfacher Not gelassen:
Niemals könnte ein Lebewesen
auch nur eine davon überstehen.
Drum gebt den Wunsch und die Hoffnung auf,
daß wir ihn noch am Leben finden:
Wenn ihn nicht der kalte Wind

und von vroste niht verderbet,
der hunger hete in ersterbet.'
nû erkanden sî den gotes gewalt
sô starken und sô manicvalt,
ob er sîn geruochte phlegen,
daz in harte wol sîn segen
gevriste vor aller vreise.
ûf die kurzen reise
sô wart er tiure gemant:
die gelobete er in ze hant.

Des morgens garwe vruo
kêrten sî dem steine zuo.
dô si mit arbeiten
die boume zuo bereiten
daz si ûf den stein kâmen
und des war nâmen
wâ Grêgôrjus wære,
der lebende marterære:
einen harte schœnen man
dem vil lützel iender an
hunger oder vrost schein
oder armuot dehein,
von zierlîchem geræte
an lîbe und an der wæte,
daz nieman deheine
von edelem gesteine,
von sîden und von golde
bezzer haben solde,
wol ze wunsche gesniten,
der mit lachenden siten,
mit gelphen ougen gienge
und liebe vriunt emphienge,
mit goltvarwen hâre,
daz iuch in zewâre
ze sehenne luste harte,

3380

3390

196

und der Frost getötet haben,
so ist er am Hunger gestorben.'
Sie aber wußten: Gottes Macht
war stark und umfassend genug,
daß sein Segen ihn leicht
vor aller Gefahr behüten konnte,
sobald er sich seiner annahm.
Sie baten den Fischer mit Inbrunst,
die kurze Fahrt mit ihnen zu machen,
was er ihnen mit Handschlag versprach.

Am nächsten Tag in aller Frühe
fuhren sie zu dem Felsen.
Mit Mühe setzten sie
die Ruderbäume so an,
daß sie den Stein erklimmen konnten;
und sie schauten sich um,
wo Gregorius sei,
der lebendige Märtyrer:
Einen wunderschönen Mann,
an dem nicht die geringste Spur
von Hunger oder Frost
oder Armut zu sehen war,
an Körper und Gewand
so herrlich reich geziert,
daß von Edelsteinen,
von Seide und von Gold
niemand köstlicheren Schmuck
hätte haben können;
aufs allerbeste gekleidet;
einen Mann, der mit froher Miene,
mit strahlenden Augen einherging
und liebe Freunde willkommen hieß;
und mit goldenem Haar,
so daß sein Anblick euch
gewiß begeistert hätte;

mit wol geschornem barte,
in allen wîs alsô getân
als er ze tanze solde gân,
mit sô gelîmter beinwât
sô sî zer werlde beste stât   3400
den envunden sie niender dâ:
er mohte wol wesen anderswâ.
ich sage iu waz sî vunden.
dô sî suochen begunden
ûf dem wilden steine,
der guote und der reine
der wart ir schiere innen.
nû wolde er in entrinnen,
wan sîn schame diu was grôz:
er was nacket unde blôz.   3410
nû enmohte er niht loufen drâte.
wande er gebénde hâte
an ietwederem beine.
er viel zuo dem steine:
sus wolde er sich verborgen hân.
dô er si sach zuo im gân,
dô brach er vür die schame ein krût.
sus vunden sîe den gotes trût,
einen dürftigen ûf der erde,
ze gote in hôhem werde,   3420
den liuten widerzæme,
ze himele vil genæme.

Der arme was zewâre
erwahsen von dem hâre,
verwalken zuo der swarte,
an houbet unde an barte:
ê was ez ze rehte reit,
nû ruozvar von der arbeit.
ê wâren im diu wangen
mit rœte bevangen   3430

198

mit gut geschorenem Bart,
ganz und gar so hergerichtet,
als wolle er zum Tanze gehen,
und das Beinkleid eng zu paß,
mustergültig im Stil der Gesellschaft — —
den fanden sie dort nicht:
Ihn gab es vielleicht woanders.
Was sie fanden, das sage ich euch:
Als sie auf dem verlassenen Felsen
zu suchen begannen,
bemerkte sie sehr bald
der fromme und reine Mann
und suchte ihnen aus Scham zu entrinnen,
denn er war nackt und bloß.
Er konnte aber nicht schnell laufen,
da er seine Eisenbänder
an beiden Fußgelenken trug.
So warf er sich auf den Felsen nieder
und versuchte sich zu verbergen.
Um seine Blöße zu bedecken,
brach er ein Gewächs,
als er sie herankommen sah.
So fanden sie den von Gott Geliebten:
armselig hier auf der Erde,
aber hochgeehrt vor Gott;
den Menschen als ein Abscheu,
doch dem Himmel wohlgefällig.

Dem Armen war das Haar
von seinem Haupt und Bart
herabgewachsen und hatte sich
auf seiner Haut verfilzt:
einst nach feiner Sitte gelockt,
nun verschmutzt durch all die Plagen.
Einst waren seine Wangen
auf der weißen Haut

mit gemischter wîze
und veiz mit guotem vlîze,
nû swarz und in gewichen,
daz antlütze erblichen.
ê wâren im vür wâr
diu ougen gelph unde klâr,
der munt ze vreuden gestalt,
nû bleich unde kalt,
diu ougen tief trüebe und rôt,
als ez der mangel gebôt,   3440
mit brâwen behangen
rûhen unde langen,
ê grôz ze den liden allen
daz vleisch, nû zuo gevallen
unz an daz gebeine:
er was sô gelîche kleine
an beinen unde an armen,
ez möhte got erbarmen.

Dâ im diu îsenhalte lac
beidiu naht unde tac,   3450
dâ hete si im ob dem vuoze
daz vleisch harte unsuoze
unz an daz bein vernozzen,
sô daz sî was begozzen
mit bluote zallen stunden
von den vrischen wunden.
daz was sîn swerende arbeit,
âne ander nôt die er leit.
ich gelîche in disen sachen,
als der ein lîlachen   3460
über dorne spreite:
man möhte im sam gereite
allez sîn gebeine
grôz unde kleine
haben gezalt durch sîne hût.

mit Röte angetan
und ebenmäßig rund gewesen;
jetzt waren sie dunkel und eingefallen,
und das Antlitz war bleich geworden.
Einstmals hatte er wirklich
helle, strahlende Augen
und einen fröhlichen Mund gehabt;
der war nun blaß und kalt,
und durch all die Entbehrung waren
seine Augen hohl geworden,
düster und gerötet,
mit langen, wilden Brauen behangen.
Einst war er an allen Gliedern
schön kräftig gewesen; aber nun
bis auf die Knochen abgemagert:
An Armen und an Beinen
war er kümmerlich geworden,
daß es Gott erbarmen mochte.

Die Fesseln, da sie Tag und Nacht
schwer an ihm hingen,
hatten über den Füßen
das Fleisch bis auf den Knochen
grausam durchgescheuert,
so daß aus frischen Wunden
beständig das Blut herabfloß.
Dieser Schmerz peinigte ihn
noch zu all der andern Not,
die er leiden mußte.
Ich denke im Vergleich
an ein Leintuch, welches man
über Dornen gebreitet hat:
Genauso leicht hätte man
durch seine Haut hindurch
alle Knochen zählen können,
die großen wie die kleinen.

swie sêre der gotes trût
an dem lîbe wære
verwandelt von der swære,
nû was der heilige geist
dar an gewesen sîn volleist   3470
alsô gänzlichen
daz im niht was entwichen,
er enhæte sîn alten
kunst unz her behalten
von worten und von buochen.
die in dâ vuoren suochen,
als in die hâten gesehen,
als ich iu nû hân verjehen,
des lîbes alsô armen,
dô begunde er in erbarmen   3480
sô sêre daz der ougen vlôz
regens wîs ir wât begôz.
si beswuoren in bî gote
und bî sînem gebote
daz er si wizzen lieze
ob er Grêgôrjus hieze.

Dô er sô tiure wart gemant,
dô tet er in bekant
daz erz Grêgôrjus wære.
nû sageten si im diu mære,   3490
war umbe si ûz wæren komen,
als ir ê habet vernomen,
als in des nahtes beiden
von gote wart bescheiden,
daz er in hæte genant,
selbe erwelt unde erkant
unde ze rihtære gesat
hie en erde an sîn selbes stat.

Als er die botschaft vernam,
wie nâhen ez sînem herzen kam!   3500

202

Wie sehr indes durch seine Martern
der von Gott Geliebte
am Körper entstellt worden war,
immer war doch der Heilige Geist
sein Beistand gewesen,
der so mächtig wirkte,
daß ihm bei allem Verfall
seine Weisheit geblieben war,
die er einst von seinen Lehrern
und aus Büchern gewonnen hatte.
Als die Kundschafter
ihn nun gesehen hatten
— in so ärmlichem Zustand,
wie ich ihn euch beschrieben habe —,
ergriff sie ein solches Erbarmen,
daß ihnen die Tränen aus den Augen
gleich einem Regen
auf ihre Kleider flossen.
Sie beschworen ihn bei Gott
und seinem Gebot, er solle sagen,
ob er Gregorius heiße.

Auf diese dringliche Bitte hin
ließ er sie wissen,
er sei Gregorius.
Nun erzählten sie ihm,
warum sie ausgezogen seien,
wie ihr bereits erfahren habt:
Eines Nachts habe Gott
sich ihnen beiden offenbart
und Gregorius genannt
als den von ihm Erwählten;
ihn habe er auf Erden hier
an seiner Stelle zum Richter gesetzt.

Wie nah ging es ihm ans Herz,
als er diese Botschaft vernahm!

dô sancte der gotes werde
daz houbet zuo der erde.
mit manegem trahene er sprach,
daz er sî nie an gesach:
‚sît ir kristen liute,
sô êret got hiute
und gât vil drâte von mir,
wande ich der êren wol enbir
daz mir diu gnâde iht geschehe
daz ich iemen guoter an sehe   3510
mit sô süntlîchen ougen.
gote enist daz niht tougen:
mîn vleisch ist sô unreine
daz ich billich eine
belîbe unz an mînen tôt.
daz mir der êwigen nôt
diu sêle über werde,
daz koufe ich ûf der erde.
wære ich bî in hiute,
ez müesen guote liute   3520
engelten mîner missetât.
sô hôhe sô mîn schulde stât,
sô möhte boum unde gras
und swaz ie grüenes bî mir was
dorren von der grimme
mîner unreinen stimme
und von der unsüeze
mîner baren vüeze.
daz der süezen weter gruoz
dâ von diu werlt gestân muoz   3530
und diu heimlîche linde
von regen und von winde
mir sint alsô gemeine
als ob ich wære reine,
daz der liehten sunnen schîn
sô diemüete geruochet sîn

204

Der von Gott Erhöhte
senkte das Haupt zur Erde nieder
und sagte, ohne sie anzublicken,
unter vielen Tränen:
,Wenn ihr Christen seid,
so erweiset Gott die Ehre
und verlaßt mich eilig!
Denn ich bin so verworfen,
daß mir nie mehr vergönnt sein darf,
mit so sündigen Augen
gute Menschen anzusehen.
Das ist auch Gott nicht verborgen.
Mein Leib ist so mit Sünde befleckt,
daß mir recht geschieht,
bis zum Tode einsam zu bleiben.
Dafür, daß meine Seele einst
die ewige Qual überwinde,
zahle ich hier auf Erden den Preis.
Lebte ich aber unter euch,
so müßten meiner Sünde wegen
fromme Menschen leiden.
So unermeßlich ist meine Schuld,
daß Bäume und Gräser und alles Grüne
um mich her verdorren müßten
unter dem garstigen Laut
meiner verderbten Stimme
und unter der Abscheulichkeit
meiner bloßen Füße.
Daß der Hauch der sanften Lüfte,
der die Schöpfung lebendig erhält,
und die milde Erquickung
des Regens und des Windes
mich so vertraut umgeben,
als wäre ich ein reiner Mensch,
und daß der Strahl der blanken Sonne
in Demut sich herabläßt,

daz er mich volleclîchen an
schînet als einen man,
der gnâden wære mîn vleisch unwert.
daz ir mîn ze meister gert,   3540
daz ist ein erdâhter spot.
ich hân umbe unsern herren got
verdienet leider verre baz
sînen zornlîchen haz
danne daz er an mich kêre
die gnâde und die êre
die ein bâbest haben sol.
man enbirt mîn ze Rôme wol:
iu wære ze mir niht wol geschehen.
muget ir doch mînen lîp sehen!   3550
der ist sô ungenæme,
den êren widerzæme.
wart mir ie herren vuore kunt,
der ist vergezzen ze dirre stunt.
ich bin der liute ungewon:
den bin ich billîchen von.
ir herren, nemet selbe war,
mir sint verwandelt vil gar
der sin, der lîp und die site
die dem von rehte wonent mite   3560
der grôzes gewaltes phlegen sol:
ich enzime ze bâbest niht wol.
vil sæligen liute,
nû lât mir daz hiute
ze einem heile sîn geschehen
daz ir mich hie habet gesehen
und geruochet iuch erbarmen
über mich vil armen
unde gedenket mîn ze gote.
wir haben von sînem gebote,   3570
swer umbe den sündære bite,
dâ lœse er sich selben mite.

mich aus ihrem Überfluß
wie andere Menschen anzuscheinen —
mein Leib wäre solcher Gnaden nicht wert.
Daß ich euer Oberhaupt werden soll,
das habt ihr euch zum Spott erdacht.
Von Gott dem Herrn habe ich
zu meinem Schmerz weit eher
Haß und Zorn verdient,
als das Geschenk seiner Gnade
und der hohen Ehren,
die einem Papst gegeben sein müssen.
Man kann mich in Rom nicht brauchen,
denn Freude hättet ihr nicht an mir.
Wollet doch meinen Leib betrachten:
In seiner Widerwärtigkeit
taugt er nicht für ein hohes Amt.
Und kannte ich jemals feine Sitten —
heute weiß ich nichts mehr von ihnen.
Ich habe den Umgang mit Menschen verlernt
und lebe zu Recht von ihnen getrennt.
Ihr Herren, seht es doch selbst:
Den Geist, den Leib, die Lebensart,
die ein Mann mitbringen sollte,
der zu hoher Herrschaft berufen ist,
habe ich gänzlich eingebüßt;
ich eigne mich nicht zum Papst.
Und nun, ihr gesegneten Männer,
laßt es mir zum Heile dienen,
daß ihr mich heute
hier gesehen habt:
Wollet mit mir Armem
gütig Mitleid haben
und meiner vor Gott gedenken.
Wir wissen durch seine Botschaft,
daß, wer für einen Sünder bittet,
auch sich selber erlösen hilft. —

nû ist zît daz wir uns scheiden:
waz vrumet iu daz beiden?
ir vreut an mir des tiuvels muot.
mîn kurzwîle ist alze guot.
ich bûwe hie zewâre
in dem sibenzehenden jâre,
dáz ich nie menschen gesach.
ich vürhte, vreude und der gemach   3580
diu ich mit rede hie wider iuch hân,
ich müeze ir ze buoze stân
vor im der deheine missetât
ungerochen niene lât.'

Sus stuont er ûf und wolde dan.
dô beswuoren in die zwêne man
alsô verre bî gote
und bî sînem vorhtlîchen gebote
daz er doch stille gesaz
unde hôrte ir rede vürbaz.   3590
nû buten sî im beide
mit triuwen und mit eide
der rede solhe sicherheit
diu im dâ was vür geleit
daz er sî geloubete baz.
er sprach: ‚ich was ein vollez vaz
süntlîcher schanden,
dô ich mit disen banden
gestatet wart ûf disen stein,
diu ir hie sehent um mîniu bein.   3600
nû ist niemens sünde alsô grôz,   3609
des gewalt die helle entslôz,
des gnâde ensîn noch merre.
ob got unser herre
mîner manegen missetât
durch sînen trôst vergezzen hât
und ob ich reine worden bin,

208

Jetzt wird es Zeit, daß wir uns trennen.
Was soll euch das alles nützen?
Ihr weckt nur die Lockung des Teufels in mir.
Zu sehr unterhält mich diese Kurzweil.
Bedenkt, ich hause hier
nun schon das siebzehnte Jahr,
ohne einen Menschen gesehen zu haben.
Ich fürchte, daß ich einst
für die Freude und Behaglichkeit,
die mir dieses Gespräch mit euch gab,
vor jenem werde büßen müssen,
der keine Sünde ungestraft läßt.'

Damit stand er auf und wollte gehen.
Aber die beiden Männer
beschworen ihn bei Gott
und seinem gefürchteten Gebot
so lange, bis er sich doch
noch einmal ruhig niederließ
und ihnen weiter zuhörte.
Da verbürgten sie sich
mit Eiden und Beteuerungen
für das, was sie ihm berichtet hatten,
bis er es ihnen glaubte.
Er sprach: ‚Ich war ein Gefäß,
mit Schande und Sünden angefüllt,
als man mich in diesen Fesseln,
die ihr an meinen Beinen seht,
hier auf dem Felsen stehen ließ.
Gewiß, eine Sünde mag noch so groß sein:
Die Gnade dessen, der mit seiner Macht
die Hölle aufgesperrt hat, ist größer.
Wenn mir aber Gott wirklich
in seiner Barmherzigkeit
meine vielen Sünden vergeben hat
und wenn ich rein geworden bin,

des muoz er uns drin
ein rehtez wortzeichen geben
oder sich muoz mîn leben
ûf disem steine enden.
er muoz mir wider senden   3620
den slüzzel dâ mit ich dâ bin
sus vaste beslozzen in
oder ich gerûme ez niemer hie.'

Nû viel der vischære an diu knie
mit manegem trahene vür in,
er sprach: ,vil lieber herre, ich bin
der selbe sündige man
der sich verworhte dar an.
ich arm man verlorne
ich emphie iuch mit zorne.   3630
diz was diu wirtschaft die ich iu bôt:
ich gap iu schelten vür daz brôt,
ich schancte iu ze vlîze
mit manegem itewîze.
sus behielt ich iuch ein naht
mit unwirde und mit grôzem braht.
alsus bin ich worden alt
daz ich der sünde nie engalt.
ez ist der sêle noch gespart:
ichn genieze danne dirre vart   3640
die ich her mit triuwen hân getân,
sô sol ich es ze buoze stân.
darnâch volcte ich iuwer bete,
wán daz ich ez in hônschaft tete:
ich brâhte iuch ûf disen stein.
alsus beslôz ich iuwer bein
und warf den slüzzel in den sê.
ichn gedâhte an iuch niemer mê
unz gester mîn sündigiu hant
den slüzzel in einem vische vant.   3650

so muß er uns dreien
ein deutliches Zeichen dafür geben,
sonst wird auf diesem Felsen
mein Leben enden müssen.
Den Schlüssel, mit dem ich hier
so fest angeschlossen bin,
muß er mir wieder senden,
sonst weiche ich nicht von der Stelle.'

Da fiel der Fischer, bitterlich weinend,
vor ihm auf die Knie nieder
und rief: ,O lieber Herr,
ich bin der sündige Mensch,
der dies alles verbrochen hat.
Ich armer, verlorener Mann,
ich habe Euch damals mit Zorn empfangen.
Und wie habe ich Euch bewirtet —
statt Brot gab ich Euch Schelte
und schenkte Euch kräftig Schmähungen ein!
So behielt ich Euch eine Nacht,
Euch verachtend und laut beschimpfend.
Nun bin ich alt geworden,
ohne die Sünde gebüßt zu haben.
Das steht meiner Seele noch bevor;
und kommt mir die heutige Fahrt nicht zugute,
die ich mit redlichem Willen
hierher unternommen habe,
so muß ich alles zu Ende büßen.
Danach erfüllte ich Eure Bitte,
aber ich tat es mit kränkendem Hohn.
Ich brachte Euch auf diesen Felsen,
schloß so Eure Beine fest
und warf den Schlüssel in den See.
Nie mehr dachte ich an Euch,
bis gestern meine sündigen Hände
den Schlüssel in einem Fische fanden.

daz sâhen die herren wol,
ob ichz mit in erziugen sol.'

Er entslôz die îsenhalten.
dô teilten die alten
mit im ir pheflîchiu kleit:
und als er an wart geleit,
mit in vuorten sî dan
disen sündelôsen man
ab dem wilden steine.
nû was vil harte kleine   3660
sînes armen lîbes maht.
nû beliben sî die naht
mit dem vischære.
des jâmer was vil swære:
er suochte buoze unde rât
umb die grôzen missetât
die er vor an im begie,
dô er in sô hœnlîche emphie.
nû wuosch diu grôze triuwe
und diu ganze riuwe   3670
und der ougen ünde
den vlecken sîner sünde,
daz im diu sêle genas.

Dannoch dô Grêgôrjus was
in der sünden gewalt,
als iu dâ vor was gezalt,
dô er von sînem gewalte gie
und in der vischære emphie
in sînem hûs sô swache
und in mit ungemache   3680
des nahtes sô wol beriet,
morgen dô er danne schiet
und er der tavele vergaz:
die wîle er ûf dem steine saz,

Das haben auch diese Herren gesehen,
sofern es etwa bezeugt werden muß.'

Er schloß die Eisenschellen auf.
Dann teilten die beiden Alten
ihre Priestergewänder mit ihm.
Und als sie ihn bekleidet hatten,
führten sie ihn
von dem einsamen Felsen fort,
den sündelosen Mann.
Doch sein Körper war
unendlich schwach geworden.
Deshalb nächtigten sie beim Fischer.
Diesen quälte tief
ein schmerzliches Verlangen:
Er suchte Buße und Vergebung
seiner schweren Freveltat,
die er an seinem Gaste begangen,
indem er ihn so höhnisch empfing.
Aber seine Aufrichtigkeit,
seine vollkommene Reue
und der Tränenstrom seiner Augen
wuschen den Makel der Sünde ab,
und so wurde seine Seele errettet.

Wie euch erzählt worden ist,
war Gregorius damals,
als er die Herrschaft abgelegt hatte
und noch im Banne der Sünden war,
von dem Fischer verächtlich
in seinem Hause empfangen
und mit einem erbärmlichen Lager
für die Nacht versehen worden;
dann hatte er am nächsten Morgen
beim Aufbruch seine Tafel vergessen.
Dies war es, was ihn am allermeisten

sô gemuote in nie mêre
dehein dinc alsô sêre.
nû gedâhte er áber dar an
und manete den vischenden man
daz er durch got tæte,
ob er si vunden hæte,   3690
daz si im wider würde,
daz sîner sünden bürde
deste ringer wære.
dô sprach der vischære:
,leider ichn gesach sî nie.
nû saget, wâ liezet ir sî hie,
oder wie vergâzet ir ir sus?'
,ich lie sî', sprach Grêgôrjus,
,in dem hiuselîne dâ ich slief.
dô man mir des morgens rief,   3700
dô wart mîn angest swære
daz ich versûmet wære:
ich erschrihte von slâfe und îlte iu nâch
und wart mir leider alsô gâch
daz ich der tavele vergaz.'
der vischære sprach: ,waz hülfe uns daz
ob wir sî suochten, dâ si lît?
dâ ist sî vûl vor maneger zît.
ouwê, lieber herre mîn,
jâ stuont daz selbe hiuselîn   3710
nâch iu niht zwelf wochen
unz daz ez wart zebrochen:
ich hân ez allez verbrant,
beidiu dach unde want.
ich truoc iu dô sô herten muot:
und wære ez gewesen guot
vür wint oder vür regen,
ir enwæret dâ inne niht gelegen.
dâ ê daz hiuselîn was,
dâ wahset nû unbederbe gras,   3720

214

die ganze Zeit hindurch quälte,
während er auf dem Felsen saß.
Jetzt dachte er wieder daran,
und er drängte den Fischer,
ihm in Gottes Namen zu sagen,
ob er sie nicht gefunden habe;
er möge sie ihm doch wiedergeben.
Dadurch werde er auch
die Last seiner Sünden erleichtern.
Da erwiderte ihm der Fischer:
,Ich habe sie leider nie gesehen.
Doch sprecht, wo habt Ihr sie liegenlassen?
Und wie habt Ihr sie vergessen können?'
,Ich ließ sie', sagte Gregorius,
,in der Hütte, in der ich schlief.
Als mir des Morgens gerufen wurde,
überfiel mich drückende Angst,
ich könnte im Stich gelassen werden.
So schrak ich aus dem Schlafe empor
und lief euch nach — zu meinem Leid
so eilig, daß ich die Tafel vergaß.'
Der Fischer sprach: ,Was hülfe es uns,
sie dort an ihrem Platz zu suchen?
Sie muß ja längst verrottet sein.
O weh, lieber Herr!
Ihr müßt wissen, diese Hütte
hat keine zwölf Wochen mehr gestanden!
Denn sie brach zusammen,
und ich habe alles,
Dach und Wände, verheizt.
So hartherzig war ich damals zu Euch:
Wäre sie gegen Wind und Regen
wirklich gut gewesen,
Ihr hättet dort kein Lager bekommen.
Wo früher einmal die Hütte stand,
wächst heute wildes Gras,

nezzelen unde unkrût.'
dô ersiufte der gotes trût,
got er im sô helfen bat:
er enkæme niemer von der stat,
ob er ir niht vunde.
nû giengen sî zestunde
mit gabelen und mit rechen
und begunden nâher brechen
daz unkrût unde den mist.
nû erzeicte der dâ gnædic ist   3730
an dem guoten Grêgôrjô
ein vil grôzez zeichen dô,
wande er sîne tavel vant
als niuwe als sî von sîner hant
vüere der sî worhte.
vreude unde vorhte
heten die daz sâhen:
weinde sî des jâhen:
diz wære ein sælic man:
dâ enlugen sî niht an.   3740

Dô des morgens ir vart
gegen Rôme erhaben wart,
dô sâhen si dicke under wegen
daz der gereite gotes segen
disse reinen mannes phlac
mit vlîze naht unde tac.
si engeruorte ûf der reise
nie dehein wegevreise:
ir spîse erschôz in alsô wol
daz ir vaz ie wâren vol,   3750
swie vil sî dar ûz genâmen,
unz sî ze Rôme kâmen.

Von einen gnâden ich iu sage.
vor der kunft drîer tage

Brennesseln und Unkraut!'
Da seufzte der vom Herrn Geliebte
und betete um Hilfe:
Er könne nicht von der Stelle gehen,
ohne die Tafel gefunden zu haben.
Also machten sie sich sogleich
mit Rechen und Heugabeln auf
und fingen an, das Unkraut
und den Abfall wegzuräumen.
Er aber, der barmherzig ist,
ließ an dem frommen Gregorius
ein erstaunliches Wunder geschehen:
Er ließ ihn die Tafel wiederfinden
— so neu, als käme sie gerade
aus der Hand dessen, der sie gefertigt.
Freude und Furcht
ergriff alle, die das sahen,
und sie sprachen unter Tränen,
dies sei ein heiliger Mann.
Und damit hatten sie wirklich recht.

Als sie des andern Morgens
ihre Fahrt nach Rom begonnen hatten,
wurden sie oft unterwegs gewahr,
wie unmittelbar der Segen Gottes
diesen reinen Mann beschirmte,
treulich bei Tag und Nacht.
Nicht die geringste Gefahr
begegnete ihnen auf der Reise.
Ihr Vorrat ergänzte sich von selbst;
stets blieben ihre Gefäße voll,
so viel sie daraus entnehmen mochten —
bis sie nach Rom gelangten.

Nun berichte ich euch
von einem Gnadenzeichen:

dô wart ze Rôme ein grôzer schal:
sich begunden über al
die glocken selbe liuten
und kunten den liuten
dáz ir rihtære
schiere künftic wære.   3760
dâ kôs wîp unde man
sîne heilicheit wol an.
si vuoren engegen im sâ,
engegen Equitânjâ,
die drîe tageweide.
sî hâten über heide
einen gotlîchen ruom:
sî truogen ir heiltuom,
wüllîn unde barvuoz.
er hôrte willeclîchen gruoz   3770
an sînem antvange
mit lobe und mĭt sange.
ez lâgen ûf der strâze
siechen âne mâze:
die kâmen dar ûf sînen trôst,
daz sî würden erlôst.
der ernerte sîn segen
harte manegen under wegen.
swen er dâ beruorte,
dâ man in hin vuorte,   3780
sîn guot wille oder sîn hant,
sîn wort oder sîn gewant,
der wart dâ ze dirre stunt
von sînem kumber gesunt.
Rôme diu mære
emphie ir rihtære
mit lachendem muote.
daz kám ir ze allem guote:
wande ezn wart dâ ze der stat
nie bâbest gesat   3790

218

Drei Tage vor ihrer Ankunft
erhob sich in Rom ein gewaltiges Tönen;
überall fingen die Glocken
von selbst zu läuten an
und verkündeten den Menschen
die baldige Ankunft ihres Papstes.
Daran erkannte wohl ein jeder
die Heiligkeit dieses Mannes.
Und so wanderten Männer und Frauen
ihm drei Tagereisen weit
nach Aquitanien entgegen.
Gott zur Ehre zogen sie
feierlich über die Heide;
barfuß, nur in Wolle gekleidet,
trugen sie ihre Heiligtümer.
Bei seinem Empfang vernahm er
ihren freudig ergebenen Gruß
und ihren Lobgesang.
Es lagen am Weg unzählig viele
Kranke, die im Vertrauen auf ihn
herbeigekommen waren,
damit sie geheilt würden;
und schon unterwegs machte sein Segen
viele von ihnen gesund.
Wohin man ihn auch brachte:
Überall wurde ein jeder,
den sein guter Wunsch,
sein bloßes Wort, seine Hand
oder auch sein Kleid berührte,
zur Stunde von seinem Leiden geheilt.
Rom, die gewaltige Stadt,
empfing voller Freuden
ihren obersten Herrn.
Das sollte ihr lauter Gutes bedeuten,
denn man hatte in ihr
noch nie einen Papst gewählt,

der baz ein heilære
der sêle wunden wære.

Er kunde wol ze rehte leben,
wan im diu mâze was gegeben
von des heiligen geistes lêre.
des rehtes huote er sêre.
ez ist reht daz man behalte
diemüete in gewalte
(dâ genesent die armen mite)
und sol doch vrevellîche site   3800
durch die vorhte erzeigen
und die mit rehte neigen
die wider dem rehten sint.
ob aber ein des tiuvels kint
durch die stôle niene tuo,
dâ hœret danne gewalt zuo.
des sint diu zwei gerihte guot:
si lêrent und slahent hôhen muot.
man sol dem sündære
ringen sîne swære   3810
mit senfter buoze,
daz im diu riuwe suoze.
daz reht ist alsô swære,
swêr dem sündære
ze vaste wil nâch jagen,
daz enmac der lîp niht wol vertragen.
ob er genâde suochen wil,
gît man im gâhes buoze vil,
vil lîhte ein man dâ von verzaget,
daz er sich áber gote entsaget   3820
únd wirt wider des tiuvels kneht.
dâ von gât gnâde vür daz reht.
sus kunde er rehte mâze geben
über geistlîchez leben,
dâ mite der sündære genas

der für die Wunden der Seele
ein besserer Arzt gewesen wäre.

Er wußte das Leben recht zu führen,
denn belehrt vom Heiligen Geist
besaß er reifes Urteil.
Streng bemühte er sich um Recht.
Es ist wichtig, daß man als Herrscher
Demut bewahrt
(dadurch finden die Armen ihr Heil)
und sich dennoch entschlossen zeigt,
um die nötige Furcht zu wecken
und um kraft des Gesetzes
die zu unterwerfen, die es mißachten.
Kehrt sich aber ein Kind des Teufels
gar nicht an die Stola des Priesters,
in diesem Fall ist Gewalt am Platze.
So eignen sich beide Rechtsverfahren,
den Weg zu weisen und Hochmut zu brechen.
Dem Sünder soll man seine Last
durch milde Strafe erleichtern,
damit er froheren Herzens bereut.
Das Gesetz ist streng genug,
daß, wo man einem Sünder
allzuviel zumuten will,
das Fleisch es womöglich nicht aushält.
Wird von einem, der Gnade sucht,
jäh eine strenge Buße verlangt,
so kann er sehr leicht daran verzweifeln;
er sagt sich wohl abermals los von Gott
und wird wieder ein Knecht des Teufels.
Daher geht Gnade vor Recht.
Gregorius wußte in diesem Sinne
für das Wirken des geistlichen Standes
ein gültiges Richtmaß zu geben,
durch das der Sünder Erlösung fand,

und der guote stæte was.
von sîner starken lêre
sô wuohs diu gotes êre
vil harte starclîche
in rœmischem rîche.

3830

Sîn muoter, sîn base, sîn wîp
(diu driu heten einen lîp),
dô si in Equitânjam
von dem bâbest vernam
daz er sô garwe wære
ein trôst der sündære,
dô suochte si in durch rât
umbe ir houbetmissetât,
daz sî der sünden bürde
von im entladen würde.

3840

unde dô sî in gesach
und im ir bîhte vor gesprach,
nû was dem guoten wîbe
von des bâbestes lîbe
ein unkundez mære
daz er ir sun wære:
ouch hete sî an sich geleit
die riuwe und die arbeit,
sît si sich schieden beide,
daz ir der lîp von leide

3850

entwichen was begarwe
an krefte und an varwe,
daz er ir niht erkande
únz sî sich im nande
und daz lant Equitânjam.
dô er ir bîhte vernam,
dône bejach si im anders niht
niuwan der selben geschiht
diu im ouch ê was kunt:
dô erkande er sî zestunt

3860

der Fromme im Glauben gefestigt wurde.
Durch die Kraft seiner Lehren
wuchs die Verehrung Gottes
im Römischen Reich
gewaltig und mächtig an.

Seine Mutter, Vaterschwester und Frau
(diese drei waren ja eine Person)
hatte in Aquitanien erfahren,
daß der neue Papst
ein zuverlässiger Helfer
für alle Sünder sei.
Sie suchte ihn auf, um Hilfe
in ihrer großen Schuld zu erlangen
und dadurch von der Last
ihrer Sünden befreit zu werden.
Als sie ihn erblickte
und während sie ihm beichtete,
hatte die fromme Frau
keine Ahnung davon,
daß der Papst ihr leiblicher Sohn war.
Sie wiederum hatte sich
seit ihrer beider Trennung
so in Reue versenkt,
in verzehrende Buße,
daß aus ihrem Körper
jegliche Kraft und Frische
durch das Leid entschwunden war.
Darum erkannte auch er sie nicht,
bis sie ihm ihren Namen
und das Land Aquitanien nannte.
In dieser ihrer Beichte
sagte sie ihm nichts anderes,
als eben jene Geschichte,
die er selbst schon wußte.
Hieran erkannte er sie gleich

daz sî sîn muoter wære.
der guote und der gewære
der vreute sich ze gote,
daz sî sînem gebote
alsô verre under lac:
wande er sach wol daz sî phlac
riuwe und rehter buoze.
mit williclîchem gruoze
emphie er sîne muoter dô
und was des herzenlîchen vrô   3870
daz im diu sælde geschach
daz er si vor ir ende sach
und daz er sî alten
muose behalten
und geistlîchen rât geben
über sêle und über leben.

Dannoch was ir daz unkunt,
gesach si in ie vor der stunt.
mit listen sprach er dô zuo ir:
,vrouwe, durch got saget mir   3880
habet ir sît iht vernomen
war iuwer sun sî komen,
wéder er sî lebende oder tôt?'
dô ersiufte sî: des gie ir nôt.
si sprach: ,herre, nein ich.
ich weiz wol, er hât an sich
von riuwen solhe nôt geleit,
ichn verneme es rehte wârheit,
sô engeloube ich niht daz er noch lebe.'
er sprach: ,ob daz von gotes gebe   3890
iemer möhte geschehen
daz man in iuch lieze sehen,
nû saget wie: getriuwet ir doch
ob ir in erkandet noch?'
si sprach: ,mich entriege mîn sin,

224

als seine Mutter wieder.
Der redliche fromme Mann
lobte Gott im Herzen,
daß sie sich so unumschränkt
seinem Gebot unterworfen hatte;
denn er sah wohl, daß sie voll Reue
in rechter Weise Buße tat.
So empfing er seine Mutter
mit freundlichem Entgegenkommen;
er war von Herzen darüber froh
daß ihm das Glück widerfuhr,
sie vor ihrem Ende noch einmal zu sehen,
und daß er sie als alte Frau
nun bei sich behalten
und ihr für Leib und Seele
geistlichen Rat geben durfte.

Ihr aber blieb zunächst verborgen,
daß sie ihn ja schon kannte.
Wohlweislich sprach er zu ihr:
,Edle Frau, sagt mir in Gottes Namen,
habt Ihr je noch etwas gehört,
wohin Euer Sohn gekommen ist?
Ob er noch lebt oder ob er tot ist?'
Da mußte sie tief seufzen;
und sie erwiderte ihm: ,Nein, Herr.
Ich bin sicher, er hat sich aus Reue
solche Pein angetan,
daß ich ihn nicht mehr am Leben glaube,
ich erführe es denn als verbürgte Wahrheit.'
Er fragte: ,Gesetzt, Ihr könntet ihn
mit Gottes Hilfe je wieder sehen —
sagt mir doch, ob Ihr glaubt,
daß Ihr ihn dann noch erkennt?'
Sie sprach: ,Wenn ich klar bei Sinnen wäre,
würde ich ihn wohl erkennen,

ich erkande in wol, und sæhe ich in.'
Er sprach: ,nû saget des ich iuch bite,
weder wære iu dâ mite
liep oder leit geschehen,
ob ir in müeset sehen?'   3900
si sprach: ,ir muget wol nemen war,
ich hân mich bewegen gar
lîbes unde guotes,
vreuden unde muotes
gelîch einem armen wîbe:
mir enmöhte ze disem lîbe
dehein vreude mê geschehen
niuwan diu, müese ich in sehen.'
Er sprach: ,sô gehabet iuch wol,
wande ich iu vreude künden sol.   3910
ez ist unlanc daz ich in sach
und daz er mir bî gote jach
daz er deheinen vriunt hæte
ze triuwen und ze stæte
lieberen danne iuwern lîp.'
,genâde, herre', sprach daz wîp,
,lebet er noch?' ,jâ er.' ,nû wie?'
,er gehabet sich wol únde ist hie.'
,mac ich in gesehen, herre?'
,jâ, wol: er ist unverre.'   3920
,herre, sô lât mich in sehen.'
,vrouwe, daz mac wol geschehen:
sît daz ir in sehen welt,
sô ist unnôt daz ir des twelt.
vil liebiu muoter, sehet mich an:
ich bin iuwer sun und iuwer man.
swie grôz und swie swære
mîner sünden last wære,
des hât nû got vergezzen
und hân alsus besezzen   3930
disen gewalt von gote.

sobald ich ihn nur sähe.'
Er fuhr fort: ,Ich bitte Euch, sagt mir,
ob es Freude oder Leid
für Euch bedeuten würde,
wenn Ihr ihn wiedersehen dürftet?'
Sie entgegnete: ,Wollet gütig bedenken,
daß ich mein Leben und meinen Besitz,
alle Freuden und alles Begehren
gänzlich von mir abgetan habe
— ein armes Weib bin ich geworden.
Die einzige Freude, die es für mich
in diesem Dasein noch geben kann,
ist, ihn noch einmal sehen zu dürfen.'
Da sprach Gregorius: ,Seid getrost,
denn ich habe frohe Nachricht für Euch!
Erst unlängst sah ich ihn,
und er beteuerte mir bei Gott,
daß er keinem der Seinen
inniger und stetiger
zugetan sei als Euch.'
,O gütiger Herr', sprach das Weib,
,lebt er noch?' ,Er lebt!' ,Ist es möglich?'
,Er ist gesund und er ist hier.'
,Kann ich ihn sehen, Herr?'
,O ja, gewiß! Er ist nicht fern.'
,Herr, dann laßt mich ihn schauen!'
,Ja, edle Frau, das kann leicht geschehen:
Wenn Ihr ihn sehen wollt,
so braucht Ihr nicht länger zu warten:
Geliebte Mutter, seht mich an —
ich bin Euer Sohn und Gemahl!
Wie groß und schwer auch immer
die Bürde meiner Sünden war,
Gott hat sie mir vergeben;
und von ihm erhielt ich nun
dieses hohe Amt übertragen.

ez kam von sînem gebote
daz ich her wart erwelt:
alsus hân ich im geselt
beidiu sêle unde lîp.'

Sus wart daz gnâdelôse wîp
ergetzet leides des ir war.
got sante si wunderlîchen dar
ze vreuden in beiden.
sus wâren si ungescheiden   3940
unz an den gemeinen tôt.
als ir Grêgôrjus gebôt
und ir ze büezenne riet,
dô er von ir lande schiet,
mit lîbe und mit guote,
mit beitendem muote,
daz hâte sî geleistet gar
sô daz ir niht dar an war.
swaz si ouch jâre sît vertriben
sît si ze Rôme ensamt beliben,   3950
diu wâren in beiden
ze gote alsô bescheiden
daz si nû iemer mêre sint
zwei ûz erweltiu gotes kint.
ouch erwarp er sînem vater daz
daz er den stuol mit im besaz
dem niemer vreude zegât:
wol im der in besezzen hât.

Bî disen guoten mæren
von disen sündæren,   3960
wie si nâch grôzer schulde
erwurben gotes hulde,
dâ ensol niemer an

Ja, sein Wille war es,
daß ich hierher berufen wurde.
Darum habe ich ihm
Leib und Seele übereignet.'

So wurde die hilflos gewordene Frau
für all das wirre Leid entschädigt.
Gott hatte sie zur Freude beider
wunderbar hierher geführt.
Nun sollten sie sich nicht mehr trennen
bis an ihrer beider Tod.
Was Gregorius ihr einst
beim Verlassen des Landes aufgetragen
und zur Buße geraten hatte,
all das hatte sie ausgeführt
mit ihrem Leib und ihrem Besitz
und ihrer bußfertigen Seele,
ohne sich beirren zu lassen.
Die ganzen folgenden Jahre nun,
die sie in Rom miteinander verlebten,
widmeten sie beide
einzig Gott allein
und wurden dadurch für alle Zeit
zwei auserwählte Kinder Gottes.
Für seinen Vater erreichte Gregorius,
daß er mit ihm dort einziehen durfte,
wo die Freude ewig ist.
Wohl, dem, der diesen Platz gewinnt.

Aus dieser lehrreichen Geschichte,
die von Sündern erzählte,
welche nach schwerem Vergehen
doch noch die Gnade Gottes fanden,
soll niemals ein sündiger Mensch

dehein sündiger man
genemen bœsez bilde,
sî er gote wilde,
daz er iht gedenke alsô:
,nû wis dû vrevel unde vrô:
wie soldest dû verwâzen wesen?
sît daz dise sint genesen
nâch ir grôzen meintât,
sô wirt dîn alsô guot rât:
und ist daz ich genesen sol,
sô genise ich alsô wol.‘
swen des der tiuvel schündet
daz er ûf dén trôst sündet,
den hât er überwunden
und in sînen gewalt gebunden:
und ist ouch sîn sünde kranc,
sô kumet der selbe gedanc
mit tûsentvalter missetât
und enwirt sîn niemer mêre rât.
dâ sol der sündige man
ein sælic bilde nemen an,
swie vil er gesündet hât,
daz sîn doch wirt guot rât,
ob er die riuwe begât
und rehte buoze bestât.

Hartman, der sîn arbeit
an diz liet hât geleit
gote und iu ze minnen,
der gert dar an gewinnen
daz ir im lât gevallen
ze lône von in allen
die ez hœren oder lesen
daz si im bittende wesen
daz im diu sælde geschehe
daz er iuch noch gesehe

sich ein Vorbild zum Bösen nehmen,
indem er, abgewandt von Gott,
etwa bei sich denkt:
,Jetzt sei nur mutig und unbesorgt!
Wie sollte Verdammnis über dich kommen?
Wenn nach so großer Freveltat
selbst diese gerettet wurden,
so wird auch dir geholfen werden:
Ist mir die Rettung zugedacht,
dann komme ich ebenso heil davon.'
Wen der Teufel verführt,
in solch einer Hoffnung zu sündigen,
den hat er auch schon besiegt
und in seine Gewalt gebannt;
und ist es auch erst ein kleines Vergehen,
so wird in ihm doch jener Gedanke
tausendfache Sünde zeugen,
von der er nie mehr erlöst werden kann.
Nein, ein sündiger Mensch
soll sich daran vielmehr
ein Vorbild zum Heile nehmen,
soll wissen, daß er trotz aller Sünden
dennoch gerettet werden kann,
wenn er sich in Reue versenkt
und rechte Buße tut.

Hartmann, der all seine Mühe
aus Liebe zu Gott und zu euch
an diese Dichtung gewendet hat,
wünscht sich von euch allen,
die ihr sie hört und lest,
dies als seinen Lohn:
Tut ihm die Gunst an
für ihn zu bitten,
daß ihm die Seligkeit widerfahre,
euch im Himmelreich

in dem himelrîche.
des sendet alle gelîche
disen guoten sündære
ze boten um unser swære,
daz wir in disem ellende
ein alsô genislich ende
nemen als sî dâ nâmen!
des gestiure uns got. âmen.

einst noch zu sehen.
Darum sendet allesamt
den guten Sünder aus
als Sprecher in unserer Not,
damit wir in dieser Fremde
zu einem so heilsamen Ende finden
wie jene beiden! Möge Gott
uns dazu helfen. Amen.

DER GUTE SÜNDER – DER ERWÄHLTE?

Zwei Herzogskinder, Bruder und Schwester, leben nach der Eltern Tod in geschwisterlicher Eintracht, in Minne beisammen. Da verwandelt der Teufel die Minne in verbotene Lust. Erst als die Schwester ein Kind trägt, das Sünde und Schande ans Licht bringen muß, zieht der Bruder zur Buße zum Heiligen Grab. Doch er stirbt auf dem Weg an der Minne, an der Trennung von seiner Schwester. Sie setzt den Sohn, den sie geboren, heimlich in einem Schifflein dem Meere aus und lebt dann als Landesherrin, jeder Ehe entsagend, ein Leben täglicher Buß und Reu.

Das Kind, nach Gottes Willen an eine Insel getrieben, wird vom Abt des kleinen Klosters dort entdeckt. Er tauft es auf seinen eigenen Namen: Gregorius. In der Klosterschule erwächst Gregorius zu einem jungen Gelehrten. Aber als er seine adlige sündige Herkunft entdeckt, zieht er als Ritter aus in die Welt, seine Eltern zu finden. Er befreit bald eine belagerte Stadt, gewinnt Hand und Land der Herrin, regiert im Recht, lebt in christlicher Ehe, dazu in täglichem Bußleid um seine Eltern — da entdeckt sich: Es ist seine Mutter, die nun sein Weib ist.

Hat Gott zugelassen, daß der Teufel beider Sehnsucht zueinander, der Mutter und des Kindes, so erfüllte? Gregorius erkennt schnell, daß solcher Trotz Sünde ist. Er rät der Gattin-Mutter neue, demütigere Buße, sucht sich selbst freudig die härteste Askese. Siebzehn Jahre hält er, angeschmiedet, auf einer kahlen Felseninsel aus, nur durch Gottes Wunder ernährt. Und dann erwählt ihn Gott selbst, nach zwiespältiger Wahl der Menschen, zum Papst in Rom. Wunder begleiten seine Auffindung, Wunder bestätigen seine Heiligkeit, die Glocken läuten ohne Menschenhand, er wird ein großer Papst. Zu ihm kommt mit ihrem ungestillten Sündenleid seine Mutter. Nun darf er sie freudig erkennen, löst ihre Schuld und löst durch sein Gebet auch den Vater aus dem Fegfeuer.

Zu den Urwurzeln dieser Geschichte gehört die griechische Sage von König Ödipus: von dem ausgesetzten Schicksalskind, das, schicksalsblind, den Vater tötet und der Mutter Land und Leib erringt — dann aber, geblendet von der herausgeforderten Wahrheit, sich blendet und ausstößt aus der Menschenwelt. Ihr Grundriß ist noch in unserer Geschichte, wie sie Hartmann von Aue nach französischem Vorbild als hochmittelalterliche Schicksalserkenntnis gedichtet hat — doch wie verwandelt! Die Schicksalsschuld des Vatermords ist dem Helden abgenommen — dafür trägt er nur noch den unbestimmten Makel seiner Geburt aus der Sünde des Vaters. Abgenommen ist ihm auch das Rätsel der Sphinx — dafür bekommt er nur noch Klostergelehrsamkeit. Und anstelle der dunkel in den Schein lockenden Wahrheits-Orakel Apolls liegt nun des Teufels List mit Gottes Vorsehung im Streit. Den Streit endet, nachdem sich auch Gregorius aus der Menschenwelt ausgestoßen, die höchste göttliche Berufung des Helden zurück in die Welt. Für Hartmann ist die Geschichte ein Exempel von übermäßigem Sündenleid, übermäßiger Buße und von Gottes Gnadenwahl: von „dem guten Sünder" (V. 176).

Diese Geschichte liest Thomas Mann in der kurzen Fassung der *Gesta Romanorum* und schreibt sie dann, frisch aus seinem *Faustus* kommend, neu, jetzt genau nach Hartmanns Verserzählung. Aber jetzt heißt sie: *Der Erwählte*.

Statt des guten Sünders — der Erwählte! Ist Thomas Manns kleiner „Roman" ernst gemeint, nicht nur Parodie, ja Blasphemie gegen Hartmanns Gregorius, gegen das Mittelalter überhaupt, den frommen Zwischen-Mythos und alles, was in uns noch darauf antwortet?

Jedenfalls hat Thomas Mann seinen mittelalterlichen

Dichterkollegen genau studiert. Dafür nur ein Beispiel! Als Gregorius „auf dem Steine" büßt, wird er, wie es bei Hartmann heißt, ganz *klein*:

> ê grôz ze den liden allen
> daz vleisch, nû zuo gevallen
> unz an daz gebeine:
> er was sô gelîche kleine
> an beinen unde an armen,
> ez möhte got erbarmen.   (V. 3443 ff.)

Das bedeutet: Er magerte gänzlich ab bis auf die Knochen. Bei Thomas Mann steht das so: „Schließlich, nach etwa fünfzehn Jahren, war er nicht viel größer als ein Igel, ein filzig-borstiges, mit Moos bewachsenes Naturding, dem kein Wetter mehr etwas anhatte, und an dem die zurückgebildeten Gliedmaßen, Ärmchen und Beinchen, auch Äuglein und Mundöffnung schwer zu erkennen waren" (S. 213). Mittelhochdeutsch *klein* = mager: hat es Thomas Mann nicht verstanden? Oder bewußt und absichtlich mißverstanden? Oder meint er die Igel-Größe nicht wörtlich, sondern ironisch, zumal Gregorius dann in einer knappen Stunde wieder „normal" wird?

Es wäre nicht schwer, in vielen kleinen Zügen wie im großen die Umbildung zu studieren, die er vornahm, dazu das Feuerwerk von Namen-, Zahlen-, Motiv- und Kompositionsspielen, das den Roman bis an den Rand erfüllt, noch mehr als sonst im Früh- oder Spätwerk, vielleicht auch äußerlicher — und immer wieder diese Frage zu stellen, dazu die nach Rechten und Pflichten des modernen Dichters, des modernen Publikums. Es ist auch schon mehrfach, wenngleich nicht zur Gänze geschehen. Aber Thomas Mann hat gewußt und selbst ausgesprochen, warum er so verfuhr, und das nimmt uns die Lust, seiner Umgestaltung nachzurechnen bis in die Zufälle der Zettelkästen. Er nahm bewußt alle Kunstmittel der realistischen Schilderung und der psychologischen Individuation, die zuletzt der Roman des neunzehnten Jahrhunderts entwickelt hatte, in sein Mittelalter hinein. Aber nicht mehr mit den harmlosen historischen Mißverständnissen des Jahrhundertendes. Er bettet vielmehr Realismus und Psychologie zurück in mythische Typik und kommt so auf umgekehrtem Weg an einen ähnlichen Punkt, wie ihn fast 800 Jahre früher Hartmann von Aue nach vorwärts erreichte, der seine Personen und seine Welt eben aus mythischer Typik zu lösen berufen war.

Das gilt es zu sehen und darüber zu urteilen: Dies Gemeinsame und die entgegengesetzten Wege, die dahin führen. Es entfaltet sich in drei Elementen der Erzählung, die in- und miteinander die Gestalt und ebenso den Sinn tragen: Minne — Erwählung — Kunstrealität.

Minne

Minne, so wird gemeint, ist für den Hartmann der Gregoriuserzählung Sünde. Sagt er doch gleich im Prolog seinen vorangegangenen weltlichen Jugendwerken ab, um die Menschen statt in irdische Minne allein in die göttliche Gnade zu werfen. Und es ist Minne, die Vater und Sohn der Erzählung selbst in den wiederholten Inzest führt, gesühnt kaum durch übermenschliche Askese, gelöst erst vom Papst. — Auch Thomas Manns in Mönchskleid verhüllter „Geist der Erzählung" spricht immer wieder und am häufigsten von der Sünde der widernatürlichen Minne. Aber der Erzähler weiß es anders.

Wie Bruder und Schwester, noch nicht vom Teufel zur Lust verführt, zusammenleben, das erzählt Hartmann sehr knapp:

> sie wâren aller sache
> gesellic und gemeine,
> si wâren selten eine,
> si wonten zallen zîten
> einander bî sîten ...   (V. 286 ff.)

Dem entspricht bei Thomas Mann nicht nur kapitellange Ausschmückung, sondern auch eine neue, seltsame Reflexion der Kinder: „Laß es', sprach er, indem er mit ihrer Hand sich spielend abgab und deren Ringe betrachtete, ,sein, welcher Grund es will, wenn man uns nur nicht trennt in unsrer süßen Jugend, vor der Zeit, von der ich nicht wissen will, wann sie gekommen sein wird. Denn unser beider ist niemand wert, weder deiner noch meiner, sondern wert ist eines nur des anderen, da wir völlig exceptionelle Kinder sind, von Gebürte hoch, daß alle Welt sich lieblich dévotement gegen uns benehmen muß, und zusammen aus dem Tode geboren mit unseren vertieften Zeichen ein jedes auf seiner Stirn, die kommen zwar nur von den Windpocken, die nicht besser sind als Bürzel, Ganser, Ziegenpeter und Mumps, aber nicht auf die Herkunft der Zeichen kommt's an, bezeichnend sind sie tout de même in ihrer vertieften Blässe . . .'" (S. 28 f.).

Der Grund dieser Minne: Exceptionalität? Davon steht bei Hartmann nichts! Und: es ist doch nur das alte Künstler-Bürger-Thema Thomas Manns, mit all seinen Zeichen der „Ausnahme": ästhetische Umwertung des Sozialen, Dekadenzspiele der Natur vom adligzigeunerischen Aussehen bis zu den „Zeichen . . . tout de même", Geburt aus dem Tode. Und die Liebe zwischen Ausnahmenaturen ist wieder, wie immer vom Frühwerk an, ironisches und — tödliches Siegel auf die Ausnahme: „fahrt nach sich selbst" (S. 118), Suche und Bestätigung des Eigenen im anderen, ein wissentlicher oder wissend-nicht-wissender Inzest, so wie es sich Mutter und Sohn noch im Schlußgespräch bestätigen „als dein Kind dort, wo die Seele keine Faxen macht, ebenfalls recht gut wußte, daß es seine Mutter war, die er liebte'" (S. 280).

Thomas-Mannsche Dekadenz-Probleme der Liebe, unterlegt Hartmanns frommer Absage an irdische Liebe?

Ein abscheulicher Mißgriff? Aber halten wir inne! Auch in Hartmanns Erzählung ist nicht die Minne selbst Sünde. Als Bruder und Schwester zusammenleben (Vers 286 ff.), ja noch nach ihrer sündigen Lust (V. 650 ff.), in der Ehe von Mutter und Sohn (V. 2251 ff.), ja noch im Zusammenleben von Mutter und Papst (V. 3940 f.) — immer ist Minne Einhelligkeit, unio spiritualis, und von positivstem Wert, ganz im Sinn der Minnesänger und Minneerzähler Frankreichs und Deutschlands. Ihnen allen bedeutet die Minne: Fahrt in die Fremde als Fahrt nach sich selbst. In einem mit den Minnesängern abrechnenden Lied *(Minnesangs Frühling 218,5)*, das vielleicht in die gleiche Lebenssituation gehört wie der *Gregorius,* wirft Hartmann ihnen nicht die Minne selbst vor, sondern gerade den Kompromiß, das Scheinwesen, das sie damit spielen:

> Sich rüemet manger waz er dur die Minne taete:
> wâ sint diu werc? die rede hoere ich wol.
> Doch sæhe ich gerne daz si ir eteslîchen bæte
> daz er ir diente als ich ir dienen sol.

Die wahre Minne aber zieht den Menschen aus seinem Leben, seinen gegebenen Umständen heraus:

> Ez ist geminnet, der sich dur die Minne ellenden muoz.

Ellenden: in die Fremde fahren! Hier wird Hartmann wie Gregorius durch die Minne zu Gott gezogen, auf die Kreuzfahrt. Aber sie ist ein und dieselbe, ob gegen das Geschwister gewendet oder gegen eine edle Dame oder gegen Gott, und die eine bleibt in der andern bewahrt: immer dieselbe Suche des eigenen Adels im Dienst für den andern, gleich oder höher Edlen — einem Dienst, der jenseits aller „natürlichen" Verhältnisse die Ausnahmenatur sinnlich-seelischer Ganzheit, der das *Herze* fordert. Und das hat Thomas Mann mit seinen Mitteln verstanden und „wiederhergestellt" — besser als die Philologen.

Erwählung

So erweitert sich das Minnethema zum Thema der Erwählung. Für Hartmann ergreift, wie es im Prolog heißt, die Gnadenwahl jeden Schwankenden, jeden zwischen Gottes Zulassung und des Teufels List in ungewußt tiefes Sündenleid gefallenen Menschen wie der barmherzige Samariter den unter die Räuber Gefallenen rettet — wenn nur der Mensch sich in „Hoffnung und Furcht" (V. 113) zu Reue, Beicht' und Buße öffnet. So geschieht es Gregorius in Hartmanns Geschichte. — Dasselbe spricht wieder Thomas Manns „Geist der Erzählung" aus — und wieder weiß es seine Geschichte besser.

Die Sünde selbst trägt ja bei ihm schon das Zeichen der Ausnahme, und Ausnahme ist schon Erwählung. Ihre Sünde macht die drei, Bruder und Schwester und Kind, in der Welt „unmöglich" (S. 42 u. ö.), führt sogar zum „Untergang des Denkens, . . . der Welt Untergang" (S. 195) — aber ihr Abgrund bedingt geradezu die Erwählung. Denn es „mag aus dem Greulichen das Vollkommene erblühen" (S. 180) — „man muß es nur nötiger haben als andere" (S. 271) — vom „kein Platz war für mich unter den Menschen" führt zwar „Gottes unergründliche Gnade", doch sie fast erzwungen, den Ausnahme-Sünder auf „den Platz über ihnen allen" (Seite 251 f.). Und so verbinden bei Thomas Mann höchst blasphemische Analogien das Sünder-Dreieck von Bruder, Schwester und Kind sogar mit den Geheimnissen der Trinität und der Inkarnation: Die Schwester erscheint als „ungeheuerlich gesegnete Jungfrau" (S. 44. 171 ff.), Gregorius erscheint der Fischersfrau als Bild Christi (S. 201 u. ö.), und der Papst Gregor noch spielt mit der „Dreieinheit von Kind, Gatte und Papst" in seiner Person (S. 282)! Eine Analogie, geradezu ein psychologischer

Mechanismus wirkt für Thomas Mann zwischen Ausnahmenatur samt Inzest und Erwählung. Da wird doch die Gnade pervertiert, wenn auch mit perfekter Ironie samt allen psychologischen Raffinessen von Schopenhauer über Nietzsche bis zu Freud und C. G. Jung, pervertiert zurück in einen Mythos der Ausnahmeberufung?

Doch auch Hartmanns „naiv" fromme Erzählung kennt einen ähnlich dunklen Zwang zwischen Geschick und Erwählung. Gewiß bezieht sich Hartmann mit überraschender Präzision auf theologische Beicht- und Bußlehren seiner Zeit; er bezeichnet sogar, über die Theologie seiner Zeit hinaus, den ungewußt-ungewollten Inzest zwischen Mutter und Sohn als zwar nicht persönliche, aber „objektive" Sünde (V. 2290, 2484), zwar nicht Sünden-Folge von Gregors Geburt oder Austritt aus dem Kloster (vgl. V. 1515 ff., aber V. 1635 f.), doch durch beides gefährlich nahegelegt (V. 1780 f.). Aber die Geschichte selbst bleibt doch die: Wie der ständische und seelische Adel Gregors, ins ausnehmend sündige Geschick verloren ohne sein Wissen, schuldlos schuldig — wie dieser Adel Gregors durch sein freiwilliges und freudiges und wiederum übermäßiges Aufsichnehmen, Sichzurechnen des Verkehrten das Gnadenwunder Gottes herausfordert.

Auch für Hartmann schwebt wie für Thomas Mann die Geschichte zwischen Christenlehre und Ödipus-Schicksal, zwischen kirchlicher Bußrechnung für jeden Sünder einerseits und andererseits der ungeheuren, aber unschuldigen Schuld, der heroischen Blendung durch die Wahrheit, der tragischen Entdeckung des Gewissens. — Worauf antwortet dann bei ihm Gottes Gnadenwahl? Da Gott den Sünder Gregorius begnadigt zum ewigen Heil, antwortet er, ganz wie es Hartmann im Prolog verkündigt, auf seine Reue, Beicht' und Buße: auf die Rechtfertigung des Sünders vor Gott. Die Reue und Beichte aber spielt in der Erzählung, anders als im Prolog, für Gregorius die geringste Rolle (V. 2736 ff.). Kolossale Buße ist sein Weg, und darauf antwortet Gott ebenso kolossal: mit Wundern, mit der Erhöhung Gregors zum Papst. Das fällt nicht aus dem Schema vieler Heiligenlegenden heraus. Aber es bedeutet doch eben auch eine irdische Erwählung und Wiedergutmachung, höher noch als die dem Hiob geschenkte nach seinem Prozeß der Theodizee. Auch Gregors Weg aus seiner Geburt durch Kloster, Ritterwelt, Buße nach Rom ist ein Prozeß des Menschen mit Gott, ein Prozeß ebensosehr um Gottes Rechtfertigung vor dem Schicksal, sogar vor dem Teufel, wie um des Menschen Rechtfertigung vor Gott. Und am Schluß der Legende von Gregorius steht nicht die antik-menschliche Tragik wie in der Ödipus-Tragödie, sondern die göttliche Erwählung als eine Art Prädestination, fast eine vorbestimmte Bahn wie im Mythos und im optimistischen Märchen. Auch in Hartmanns Legende schwebt die Erwählung zwischen mythischer Bahn zur Erhöhung und christlicher Rekonziliation — und das hat Thomas Mann wieder mit den Kunst- und Denkmitteln seines Alterswerks richtig aus Hartmanns Mittelalter herausgespürt und „wiederhergestellt"!

Kunstrealität

Aber die Kunstmittel selbst? Gibt sich nicht Hartmanns *Gregorius* dennoch als „naives" Kunstwerk — Kunst nur Einkleidung für eine ihr fremde entzogene Realität — als Bußlehre und Allegorie im Prolog und als Legende? Als ob er nichts wüßte von der Doppelbödigkeit, der Hiobs-Frage seiner Geschichte? — Thomas Mann aber läßt alle Kunstmittel der Gegenwart funkeln und glitzern, um die schwebende Realität seiner Geschichte ganz in sie hineinzunehmen und aus ihnen aufzubauen. Ironie und Paradoxie, der distanzierende „Geist der Erzählung", die Montage der Sprachenmischung, die Montage von Namen, Gestalten, Episoden, Wissenskram aus dem Mittelalter — sie tragen real dialektisch die Schwebe zwischen mythischer Bahn und verantwortlicher Person.

Doch auch hinter Hartmanns naiver Erzählung verstecken sich ähnliche Kunstmittel. So distanziert auch er sich als Erzähler vor der Realität seiner Geschichte. Als er der Schwester Leid beim Tod ihres Bruders schildern soll, steigert er sich nicht in psychologisches Nachempfinden hinein, sondern zieht sich heraus:

> Ir wizzet wol daz ein man
> der ir iewederz nie gewan,
> reht liep noch grôz herzeleit
> dem ist der munt niht sô gereit
> rehte ze sprechenne dâ von
> sô dém dér ir ist gewon.
> nû bin ich gescheiden
> dâ zwischen von in beiden,
> wan mir iewederz nie geschach:
> ichn gewan nie liep noch ungemach,
> ich enlebe übele noch wol.   (V. 789 ff.)

Was Thomas Mann prompt seinem „Geist der Erzählung" in den Mund legt, ihn womöglich aus dieser und ähnlichen Stellen bei Hartmann erfindend! Nun gilt es zwar im Mittelalter als gute rhetorische Floskel, als Topos von der Antike her, wenn Dichter bei der Schilderung lebhafter Vorgänge bescheiden ihre Unfähigkeit bekennen. Aber kann Hartmann sagen, er hätte noch nie wahres Glück oder Leid kennengelernt — derselbe Hartmann, der eben im Prolog zum *Gregorius* und in mehreren Liedern eine tiefe Erschütterung, geradezu eine Bekehrung durch Leid bekannte? Er, der hier das Leid seelsorgerlich anwenden müßte, Bußwillen zu erwecken? Warum setzt auch er sich zu seiner Erzählung in eine so schwebende Distanz?

Und weiter: Die surrealistische Montage-Technik, zu

der sich Thomas Mann ausdrücklich bekannte, ist keine Erfindung der nachexpressionistischen Modernen. Sie haben sie von exotischer und — mittelalterlicher Kunst gelernt! Montage von Gold, Metall, Stoffen, ja von Reliquien in Plastiken und Bildern war dem Mittelalter und noch dem Barock selbstverständlich. Schon der Goldgrund auf Bildern des Mittelalters ist Montage, Metallfolie. Man versteht heute das alles als Elemente einer „objektiven", einer „symbolischen" Kunstrealität. Und in unserer nachexpressionistischen Literatur, Kunst, auch Musik wurde solche Montage aufgegriffen und entwickelt, weil man auch hier anstelle der persönlichen, psychologischen Kunstrealität des 18. und 19. Jahrhunderts, die sich im Experiment des Expressionismus erschöpft hatte, eine neue, eine wieder „objektive", „symbolische" Realität der Kunstmittel sucht: neu schwebend zwischen den Fiktionen der Kunst und der Realität des in ihnen Auszusagenden. Ist Hartmanns „Montage" von Realitäten in seine Geschichte — die Theologie von Beichte und Buße, die Schule des jungen Gregorius, die Ritterkämpfe, die Glaubenswunder — noch so grob symbolisch, so naiv, wie man es romantisch vom ganzen Mittelalter glaubt?

Wir brauchen nicht weiter in die schwer abwägbaren Fragen des mittelalterlichen Kunst- und Künstlerbewußtseins zu dringen. Hartmanns Geschichte selbst gibt uns etwas an die Hand, das eindeutig spricht. Wer ist für ihn Gregorius, der Held der Geschichte? Ein Heiliger, ein großer Papst, der Held einer Legende, getragen also von der Realität des christlichen Glaubens, der Kirche, des Kultus, wenn auch im Mittelalter freier verfügbar für Phantasie und sogar Humor, als wir gewöhnlich annehmen. Aber Hartmann erkühnt sich nirgends, diesen Papst mit einem der Päpste namens Gregor zu identifizieren, geschweige mit Gregor dem Großen, wie es vielleicht andere Fassungen naiver versuchten, was

Thomas Mann natürlich spielerisch aufgreift. Gerade die eigentliche Realität der Geschichte läßt auch Hartmann in der Schwebe: Gregor ist ihm namentlich aber immer unbestimmt Mönch — Ritter — Papst, und er läßt sogar, im Gegensatz zur darin immer eindeutigen Legende, den relativen Wert dieser Lebensformen auf sich beruhen. Gregor als Ritter, Landes- und Eheherr steht ihm am höchsten, wenn wir der Intensität seiner Schilderung glauben wollen. Er will seinen Zuhörern nicht demonstrieren, daß auch ihr Heil am besten im geistlichen Leben liege (vgl. V. 2222 ff.) — das hieße ihn gründlich mißverstehen. Gregorius ist recht als Mönch wie als Ritter wie als Papst — aber darunter bricht jedesmal und jedesmal anders die Frage nach Schicksal, Schuld und Gewissen auf.

Was wir von Kunstrealität bei Hartmann erkennen können, steht also gerade der modernen Art davon nicht so fern. Thomas Mann konnte auch hier mit seinen Mitteln etwas Richtiges aufgreifen und „wiederherstellen".

Wie kommt das? Er war sicher kein Philologe und Historiker — mit ihrem Stoff treibt er gerade seine willkürlichsten Spiele. Wir können bei ihm aber auch nicht die dichterische Intuition bemühen, nicht im psychologischen Verstand des 19. Jahrhunderts noch im ontologischen etwa Heideggers. Er verspottet „Dichtung" in diesem Sinn, wo er kann. Er hat einfach gewisse neue Erkenntnis- und Kunstmittel der Gegenwart besser genutzt als die Philologen, von der Realien- bis zur psychoanalytischen Mythen-Forschung — freilich auch skrupelloser als die sich immer an den Phänomenen verantwortende Wissenschaft es jemals dürfte. Er ist Künstler, wenn auch ausschließlich interpretierender, Erkenntnisse verwertender Künstler.

Haben wir nun einfach auf ihn zu hören? Ist sein *Erwählter* die Interpretation von Hartmanns *Gregorius*, die Interpretation des Mittelalters und seiner zeitlos künstlerischen Gegenwart, die uns genügt, ja auch nur anregt? — Die Antwort ist, überraschend nach allem Vorhergegangenen: nein!

Denn in den Gleichungen für Minne — Erwählung — Kunstrealität bei Hartmann und Thomas Mann bleibt ein Rest von Ungleichheiten, den wir bisher vernachlässigten. Auf ihn kommt es an, und er führt uns bis in Grundprobleme der modernen Literatur, der modernen Kunst überhaupt.

Minne, so haben wir gesagt, heißt bei Hartmann wie bei Thomas Mann Suche nach sich selbst, nach Ebenbürtigkeit der eigenen „Ausnahme" im andern. Doch die „Ausnahme" des Mittelalters bedeutet: Streben nach einer Konzentration aller menschlichen Glaubens- und Verantwortungskräfte, gefaßt in das Ideal des ritterlichen *herzen.* Thomas Mann zielt auf dasselbe Humane — er zeigt aber, auch noch im human gewordenen Spätwerk, nur die schillernde Dialektik der „Ausnahmenatur".

Erwählung sagt bei Hartmann wie bei Thomas Mann: die Theodizee-Frage nach dem Verhältnis von Schicksal und Schuld, dem Verhältnis von Versuchung und Gnade bei Gott, von mythischer Bahn und verantwortendem Gewissen im Menschen. Aber in Hartmanns Mittelalter öffnet sich der Mythos soeben für christliche Verantwortung — Thomas Mann schließt die humane Verantwortung wieder ein in die Dialektik eines tiefenpsychologisch-mythischen Mechanismus.

Dafür noch ein Symptom. Wie in allen Spätwerken, so auch im *Erwählten* stellt Thomas Mann dem Helden und seiner Bestimmung gutmütig-ironisch Nebenpersonen gegenüber, die sich in seinem Dienst „blutige Köpfe" holen dürfen, aber natürlich an der Erwählung nicht teilhaben (S. 129). Das ist sicherlich eine politische, eine historische Realität. Aber ins Dichterisch-Menschliche hineingenommen setzt sie nicht nur den Helden und seine Helfer in historisch-politische Ironie — sondern das Allgemein-Menschliche der Kunst in die künstlerische.

Solche Gegensätze erklären sich aus der modernen *Kunstrealität* und erklären sie selbst, weshalb wir auch vorher dieses etwas schwierigen Begriffs bedurften. Alle modernen Kunstrichtungen: Magie der Gegenstände und Empfindungen in raum-zeitlicher Diskontinuität wie Surrealismus und Abstraktion, nehmen ihre Aussagen und ihre Kunstmittel aus der Erkenntnis. Sie steht heute anstelle der Schönheit und der psychologischen Wahrheit, die beide mindestens seit der Renaissance die Realität europäischer Kunst bildeten. Thomas Mann, so haben wir gesehen, gibt in seiner Weise ein Höchstmaß der Kunst aus Erkenntnis. Wäre Raum dafür, wir würden sie auch sonst bis ins einzelne Wort, in die einzelne Linie bei den verschiedensten Namen und Richtungen demonstrieren. Wer jedenfalls Thomas Mann lesen, verstehen und beurteilen will, kommt gerade um dies eine nicht herum: seine Kunst als Erkenntnis nachzuvollziehen. Dazu sind, wie für die modernen Künste sonst, noch kaum Ansätze vorhanden, nicht bei den Anhängern, nicht bei den Gegnern. Hier, beim Vergleich der beiden Gregorius-Erzählungen des Hochmittelalters und der Moderne, nötigte uns der Nachvollzug seiner Kunst zu Aspekten der Kunst Hartmanns, die den Philologen noch befremdlich, den vom romantischen Mittelalter-Klischee befangenen Lesern blasphemisch erscheinen müssen. Deshalb sind sie nicht weniger richtig. Sie öffnen uns dann aber auch den Blick für kritische Einschränkungen an der modernen „Wiederherstellung" durch Thomas Mann.

Denn Kunst-als-Erkenntnis macht gar leicht die Erkenntnis, die doch auf „etwas", auf ein zu Erkennendes gerichtet sein muß, zum Selbstzweck, zum Spiel — zum Rausch! Sogar bei Thomas Mann, der doch seine Erkenntnis immer eindringlicher dem Menschlichen verschrieb, dem Rätsel und dem Stolz der menschlichen Freiheit, der Verantwortung, der Demut. Kann *er* seinen Gregorius weniger wahrhaft in ein solches Offensein für alles Menschliche führen als der mittelalterliche Dichter, dem wir darunter in all seinen Beschränkungen mehr und mehr zuhören, den wir lieben lernten — wer kann es sonst? Doch vielleicht helfen uns Erfahrungen dieser Art, auch die Kunst und Literatur unserer Zeit besser, nämlich verständigt kritisch zu begreifen, helfen vielleicht auch ihr, die vom Manierismus, vom Kreisen in sich selbst bedroht ist, einen Weg nach vorn zu suchen — ins Offene.

Hugo Kuhn

Für Hartmanns Lebensdaten, seinen Geburtsort oder seine engere Heimat, sein privates und berufliches Leben besitzen wir keinen direkten Nachweis. Von ihm selbst erfahren wir nur in einem seiner Lieder, daß er an einem Kreuzzug, wahrscheinlich dem Barbarossas 1189/1190, teilgenommen hat; ferner seinen Namen, den er dem Leser und Hörer in einigen Werken nennt, und daß er ritterlicher Ministeriale war, denn er bezeichnet sich als „Dienstmann von Aue". Wo aber dieses Aue gelegen haben mag, läßt sich bis heute bestenfalls vermuten; man nimmt an, daß Hartmann in Südwestdeutschland oder im Thurgau in der Schweiz beheimatet war und in der Zeit zwischen 1160 und 1215 lebte.

Mit Hartmann von Aue, seinen Zeitgenossen Wolfram von Eschenbach, Gottfried von Straßburg und Walther von der Vogelweide hat um 1200 die deutsche Dichtung des Mittelalters ihren mächtigen Höhepunkt erreicht.

Verstreut in Einzel- und Sammelhandschriften sind Hartmanns Dichtungen überliefert: Minnelieder, Kreuzlieder, das in Versen gedichtete *Büchlein* (ein Streitgespräch zwischen Leib und Herz über Plage und Tugend der Minne) sowie die epischen Verserzählungen *Erec, Gregorius, Der arme Heinrich* und *Iwein*. Den *Gregorius* schrieb der Dichter entweder unmittelbar vor seiner Kreuzfahrt, also wohl um 1187—89, oder bald nach seiner Rückkehr, in der ersten Hälfte der 90er Jahre.

Französische ritterlich-höfische Epik und Minnelyrik waren damals für die deutsche Dichtkunst Vorbild und belebende Anregung. Und wie Hartmann sich aus den Werken von Chrétien de Troyes, dem Meister französischer Hofepik, die Vorlagen zu seinen Artus-Romanen *Erec* und *Iwein* nahm, legte er auch dem *Gregorius* eine altfranzösische Dichtung zugrunde: *La vie du pape Grégoire*, eine anonym überlieferte Verserzählung aus dem 12. Jahrhundert. Ob dieser pape Grégoire frei erfunden oder ob mit ihm eine historische Figur gemeint ist, steht dahin; erst später gelangte die Geschichte, auf Gregor den Großen bezogen, in den kirchlichen Legendenschatz. Jene Legende von Sünde, Buße und Gnade hat Hartmann, sichtlich erfüllt von einem Erlebnis religiöser Erschütterung, das dieser Arbeit vorangegangen sein muß und wohl mit seinem Entschluß zur Kreuzfahrt zusammenhängt, in seiner Sprache frei nachgedichtet. Wie sehr er den Gegenstand zu seinem persönlichen Anliegen gemacht, ihn gedanklich und künstlerisch ausgeformt hat, tritt nicht nur im Prolog und im Epilog hervor; oft sind Stellen in die Handlung eingeschoben, in denen der Dichter Reflexionen oder vergleichende Bilder bringt und auf religiöse Fragen seiner Zeit antwortet, um den sinnhaften Kern des Geschehens zu fassen.

Leider fehlt uns eine authentische Handschrift des *Gregorius*. Die überlieferten Abschriften (fünf im großen und ganzen vollständige, fünf Bruchstücke), deren älteste erst etwa hundert Jahre später als die Dichtung entstanden ist, gehen im Wortlaut stellenweise so sehr auseinander, daß man bei der Rekonstruktion des Textes noch viele Unsicherheiten in Kauf nehmen muß. — Unserer Ausgabe liegt die von Friedrich Neumann besorgte Textfassung zugrunde. Um einen glatt lesbaren Text zu bieten, der damit auch dem einheitlichen Seitenbild der überlieferten Handschriften entspricht, wurden alle textkritischen Klammern gestrichen; und zwar bei ⟨ ⟩ (= Konjekturen) nur die Klammern, bei [ ] (= Verwerfungen) auch der Inhalt der Klammer. Kursiv gesetzte (von Neumann als unsicher bezeichnete) Stellen wurden übernommen, aber hier nicht hervorgehoben. Die Verse 1321—1332 und 3601—3608, die als unecht gelten, wurden fallen gelassen. Im übrigen ist nur in Vers 199 und Vers 2132 auf Anregung Neumanns von dessen Ausgabe geringfügig abgewichen.

Zur Aussprache des Mittelhochdeutschen sei hier nur das Wichtigste bemerkt: z wird als ts (wie unser z) gesprochen im Anlaut *(zuo)* und in der Regel überall da, wo Neuhochdeutsch z oder tz geschrieben wird *(herze),* dagegen wie ß, wo heute s, ss oder ß steht *(daz, waz, ez, grôz, bezzer, buoze).* Auch h hat eine doppelte Aussprache: einmal im Silbenanlaut wie unser h *(hat, êhaft),* dann als kehllautendes ch etwa wie in unserem „Nacht" vor t und s *(lîhte, niht, ahselbein)* und im Auslaut *(bevalh),* wo unsere Ausgabe jedoch meist ch setzt, das ebenso als ach-Laut gesprochen wird *(ich, mich* wie *noch, wuocher). v* ist (in deutschen Wörtern) wie f zu sprechen *(vil, zwîvel, vrouwe), c* wie k *(tac, danc).* — Die in dieser Ausgabe mit Zirkumflex ^ bezeichneten Vokale sind lang, ferner auch æ, œ, iu (wie ü zu sprechen). Alle übrigen Vokale sind kurz (also *tac, geben, vil, geborn, jugent).* So wie *ei, ou* (beide wohl nicht ganz so offen wie unser ei, au) muß auch *ie* als Doppellaut ausgesprochen werden *(rieten, wie, liebe).*

Die Verse Hartmanns sind durchgehend in vierhebigem Rhythmus zu lesen:

> Min hérze hát betwúngén
> dícke míne zúngén,

wobei sich in der einen oder anderen Zeile nur schwer oder zumindest nicht eindeutig bestimmen läßt, wie diese vier Betonungen auf die Silben verteilt werden müssen. Die von Neumann gelegentlich als Lesehilfe gesetzten Akzente (` und ´ für betonte Silben) wurden mit aufgenommen. Ein *e* am Schluß eines Wortes (manchmal auch ein anderer Vokal) kann, wenn das folgende Wort mit einem Vokal beginnt, mit diesem verschliffen werden:

> dû gebúezest si ín dem álter wól',
>
> der gedénket ánders dénne er sól.
>
> er wírt es líhte entsétzét,
>
> wande ín des wíllen létzét . . . (V. 15 ff.)

In der vorliegenden Übersetzung ist zugunsten der Sinngenauigkeit der Rhythmus freier gewählt und auf den Reim ganz verzichtet worden. Daß damit ein wesentliches künstlerisches Element der Hartmannschen Dichtung preisgegeben wurde, gehört zu den unausbleiblichen Kompromissen einer solchen Arbeit. Immerhin dürfen wir nicht übersehen, daß die Reimform des Originals weitgehend spielerischen Charakter besitzt: In einem paarweise gereimten Epos von einigen tausend Versen Länge ist die Form nicht in dem Maße Ausdrucksträger wie etwa bei einer Spruchdichtung oder einem Strophenlied. Reim und Rhythmus dienten auch der Einprägsamkeit beim gesungenen oder gesprochenen Vortrag vor der versammelten Hofgesellschaft, für den die Dichtung bestimmt war.

So vertraut uns viele der alten Wörter auf den ersten Blick erscheinen mögen, so selten darf sich eine neuhochdeutsche Übersetzung ihrer bedienen. Wie sich das Weltbild, die geistige und religiöse Haltung und die Lebensweise des Menschen gewandelt·haben, so auch der Gebrauch der Sprache: Der Bedeutungsbereich vieler Wörter und Fügungen hat sich im Laufe der Jahrhunderte verengt oder verschoben, und gerade diese Feinheit der Wertunterschiede ist oft entscheidend wichtig für den Sinn des einzelnen wie des Ganzen. Der Philologe kennt die Schwierigkeit, für mittelhochdeutsche Wörter wie *zwîfel, triuwe, muot, vrouwe, lîp, guot, tiure, sælec* eine heutige sinngetreue Entsprechung zu finden; *edel* hat nicht in erster Linie, wie bei uns, den ethisch wertenden

Sinn von „edelmütig", sondern heißt: adelig, von vornehmer Herkunft; *diu vrouwe* ist nicht die Frau allgemein, sondern die adelige *(und* edelmütige) Dame der höfischen Gesellschaftskreise; *muot* heißt nicht Mut, sondern Gesinnung, Wollen und Denken, und so fort.

Man müßte daher viele Stellen im Grunde interpretierend, umschreibend übersetzen, um dem Sinn gerecht zu werden. Das aber hieße, sich von dem ursprünglichen, knappen und etwas herben Stil noch weiter entfernen, als es allein grammatikalisch schon erforderlich ist: Im Mittelhochdeutschen haben wir einen enger begrenzten Vorrat an Wörtern und Mitteln des Satzbaues mit entsprechend weiten Anwendungsmöglichkeiten, in der heutigen Sprache dagegen, die vom Humanismus her am Lateinischen orientiert ist, einen reichereren Wortschatz, mehr Tempusformen und eine verhäkelte grammatische Systematik, wie sie der Intellekt der Neuzeit verlangt. Doch wäre es falsch zu sagen, das Mittelhochdeutsche sei im Ausdruck weniger genau; die Menschen des Hochmittelalters identifizierten noch Dinge und Begriffe, die wir heute trennen.

Besonders lassen den Übersetzer seine sprachlichen Mittel dort im Stich, wo von geschichtlichen Einmaligkeiten oder von Bräuchen, die wir nicht mehr kennen, die Rede ist; denn die Gemeingültigkeit der Sprache ist nun einmal beschränkt auf den lebendigen, gemeinsamen Vorstellungsbereich des Menschenkreises, der sie spricht. So haben wir für *puneiz* (V. 1614; 2118) kein treffendes Wort mehr, es ist mit der Sache, die es bezeichnet, aus unserem Gebrauch verschwunden: *puneiz* ist der Zweikampf zu Pferde mit Schild und Lanze, sei es als Turnierspiel, sei es im Ernst. Zugleich kann das Wort auch den Anritt in diesem Zweikampf und schließlich die dabei durchmessene Strecke bedeuten. In solchen Fällen kann auch eine Umschreibung nur Notbehelf sein. — Ähnlich schwierig ist die Wiedergabe personifizierter mythisch-religiöser Begriffe wie *vrouwe Sælecheit* (oder *Saelde*, V. 1235; 1698; 2562: das Glück als Verleiherin aller Vollkommenheit, alles Segens und Heiles; dem lateinischen Fortuna-Begriff verwandt) oder *Wunsch* (Vers 1263; etwa dasselbe wie *Sælde*, eine Gott unterstellte schöpferische Kraft, die Vollkommenheit und Segen verleiht). — Wortspiele aller Art, die den Sinn oder Klang der Wörter benutzen, lassen sich selten befriedigend nachahmen und müssen manchmal ganz aufgegeben werden (V. 607—624: das spiel mit *guot — muot*).

Burkhard Kippenberg

BIBLIOGRAPHIE

Der mittelhochdeutsche Text ist mit Genehmigung von Verlag und Herausgeber der Ausgabe entnommen, die *Friedrich Neumann* bei F. A. Brockhaus, Wiesbaden, 1958 in der Sammlung „Deutsche Klassiker des Mittelalters" als Band 2 der „Neuen Folge" herausgegeben hat. Nach dieser Ausgabe wird auch im Nachwort zitiert.

Zum Text ist neuerdings noch zu vergleichen die Bearbeitung von *Ludwig Wolff*: Altdeutsche Textbibliothek Band 2, 9. Aufl. 1959. — Zu den Quellen und der Forschung, mit Literatur: die Einleitungen beider Ausgaben. — Hartmanns Lied 218, 5 ist zu finden in „Des Minnesangs Frühling", neu bearbeitet von *Carl von Kraus*, 31. Aufl. 1954, S. 303 f.

Thomas Manns Roman „Der Erwählte" ist zitiert nach der Ausgabe von 1956 im S. Fischer Verlag, Frankfurt/M. Seine Bemerkungen zum „Erwählten" finden sich in: „Altes und Neues", 1951 ebd., S. 262 ff.

Literatur zum Vergleich zwischen Hartmann und Thomas Mann: *Bruno Boesch,* Die mittelalterliche Welt und Thomas Manns Roman „Der Erwählte", Wirkendes Wort, 2, 1951/52, S. 340 ff. — *Jonas Lesser,* Thomas Mann in der Epoche seiner Vollendung, München 1952, S. 475 ff. — *Hermann J. Weigand,* Thomas Manns Gregorius, Germanic Review 27, 1952, S. 10—13 und 83—95. — *Karl Stackmann,* Der Erwählte. Thomas Manns Mittelalter-Parodie, Euphorion 53, 1959, S. 61—74. — Am ausführlichsten *Hans Düwel,* Die Bedeutung der Ironie und Parodie in Thomas Manns Roman „Der Erwählte", Habil.-Schrift (masch.) Rostock 1953.

Zum Mythos im Mittelalter: *Hugo Kuhn,* Parzival. Ein Versuch über Mythos, Glaube und Dichtung im Mittelalter, Deutsche Vierteljahresschrift für Literaturwissenschaft und Geistesgeschichte 30, 1956, S. 161 ff. — Zur Kunstrealität im Mittelalter: *Dagobert Frey,* Der Realitätscharakter des Kunstwerkes, in: D. F., Kunstwissenschaftliche Grundfragen. Prolegomena zu einer Kunstphilosophie, 1946, S. 107 ff.

Die vorliegende zweisprachige Gregorius-Ausgabe (Neumannscher Text, Übersetzung von Burkhard Kippenberg, Nachwort von Hugo Kuhn) ist in größerem Format als gebundenes Buch erschienen im Verlag Langewiesche-Brandt, Ebenhausen bei München (1959).